論畫以形似　見與兒童

鄰賦詩必此詩　定非知

詩人詩畫本一律　天工

與清新

東坡書鄢陵王主簿折枝

二首苕錄　丁酉　戴偉筆

丛书主编 戴伟华

诗歌与绘画

李杰荣 著

暨南大學出版社
JINAN UNIVERSITY PRESS

中国·广州

图书在版编目（CIP）数据

诗歌与绘画/李杰荣著．—广州：暨南大学出版社，2018.1
（诗歌中国）
ISBN 978 - 7 - 5668 - 2273 - 4

Ⅰ.①诗…　Ⅱ.①李…　Ⅲ.①诗歌研究—关系—绘画研究—中
国　Ⅳ.①I207.22②J212.05

中国版本图书馆 CIP 数据核字（2017）第 299397 号

诗歌与绘画
SHIGE YU HUIHUA
著　者：李杰荣

出 版 人：徐义雄
策划编辑：杜小陆　潘雅琴
责任编辑：陈绪泉　朱盼盼
责任校对：徐晓越
责任印制：汤慧君　周一丹

出版发行：暨南大学出版社（510630）
电　　话：总编室（8620）85221601
　　　　　营销部（8620）85225284　85228291　85228292（邮购）
传　　真：（8620）85221583（办公室）　85223774（营销部）
网　　址：http://www.jnupress.com
排　　版：广州良弓广告有限公司
印　　刷：佛山市浩文彩色印刷有限公司
开　　本：850mm×1168mm　1/32
印　　张：8.5
字　　数：170 千
版　　次：2018 年 1 月第 1 版
印　　次：2018 年 1 月第 1 次
定　　价：36.00 元

（暨大版图书如有印装质量问题，请与出版社总编室联系调换）

总　序

　　中国是伟大的诗歌国度，诗歌承载着内涵深厚的中国文化。"诗歌中国"的亮相，就是希望用诗来歌咏中国文化的灿烂辉煌。"诗歌中国"不仅要让人们了解诗与文化的关系，而且要让人们通过读诗来感悟中国文化的构成及其品质，体察中国文化的博大精深。可以说，一部中国诗歌史，就是一部中国诗歌文化史。

　　中国诗歌发展史以"诗""骚"为其发端，而又影响后世，并形成诗歌的"风"（《诗经》）、"骚"（《楚辞》）传统。

　　《诗经》展示的是西周初年到春秋中叶的文化画卷。孔子说："不学诗，无以言。"不学习诗，连话都不会说，当然指说出优美动听的话。不仅如此，结合孔子说的另一段话，所谓"言"还应指言辞中有丰富的文化内涵。孔子说："小子何莫学夫《诗》？《诗》，可以兴，可以观，可以群，可以怨。迩之事父，远之事君，多识于鸟兽草木之名。"（《论语·阳货》）这里说的要讲好话，需要认识社会、认识人与人之间的关系、认识客观世界的名物。孔子只是举其大概而言。事父事君和辨识事物之名，就是指文化内容。也可以说，"兴观群怨"是提升人际交往中表达的文化内涵。兴，是联想能力，比如《关雎》，本是要写爱情，却先说鸟的和鸣。《桃夭》是祝贺新婚的歌，"桃之夭夭，灼灼其华。之子于归，宜其室家"。以桃花起兴，这样写的好处，既含蓄婉转，又渲染主题。观，是观察能力。凡事未必能亲力亲为，但通过读诗可以丰富生活知识，如读《生民》就可以了解周始祖后稷及其农耕历史，知道作物之名：荏、禾、麻、麦、瓜、瓞，并知道如何形容其状态：苂苂、穟穟、幪幪、唪唪，这些词的基本意思是茂盛貌，但有细微差别，如果懂得用不同的词去表达相近的内容，那就能言了，于此才能体会孔子所说"不学诗，无以言"的真正含义。《硕人》对人物的描写，生动传神，"手如柔荑，肤如凝脂，领如蝤蛴，齿如瓠犀，螓首蛾眉，巧笑倩兮，美目盼兮"。一连串的比喻，写出美人的形貌神采。群，是合群能力，指在群体中适当表述，以达到和谐。读《诗经》的人每每惊叹于其"群"的能力。合群能力事实上是在平衡各种关系，其中最重要的是人际关系。《诗经》中对夫妻关系多有描写，如《伯兮》，讲女主人与其丈夫以及与君王的关系。"伯兮朅兮，邦之桀兮。伯也执殳，为王前驱。自伯之东，首如飞蓬，岂无膏沐？谁适为容！"伯，为女主人的丈夫，丈夫英武，为邦国杰出人才。丈夫拿着武器，听从君王的命令奔赴前线。在我、伯、王三者关系中，符合各自身份。在三者关系中又突出了"我"在丈夫离家后，甘心思伯而生首疾。"为王前驱"是夫妻分别的原因，这是女子以自豪的口吻来说的，表扬丈夫因为是邦中之杰而能为王前驱,从中也透出骄傲。怨,是批评能力。"怨"是讽刺,可以解释为批评技巧。《诗经》里怨诗不少,但因比喻而显得含蓄,其中《硕鼠》极具代表性。"硕鼠硕鼠,无食我黍!三岁贯女,莫我肯顾。逝将去女,适彼乐土。乐土乐土,爰得我所?"一般认为这是一首批判当政者的诗,《毛诗序》曰:"国人刺其君重敛,蚕食于民,不修其政,贪而畏人,若大鼠也。"朱熹《诗序辨说》曰:"此亦托于硕鼠以刺其有司之词,未必直以硕鼠比其君也。"朱熹的话比较可信。从诗的字面上看到的只是痛斥硕鼠破坏庄稼,所谓刺君或刺有司是字面以外的意思。这正符合"温柔敦厚"的诗教。

因为孔子诗学的逻辑起点是"不学诗,无以言",学诗是"言"的需要而不是写诗的需要。所以说,理解"兴观群怨"之说,应该从"言"出发,掌握了诗的"兴观群怨"的言说技巧,讲话就会用"兴",先言他物而引起所咏之词;用"观",观察事物人情,以丰富而准确的语言表述意思;用"群",在群体中明晰关系,并用恰当的言辞表述,以达到和谐;用"怨",在批评的话语中以中庸的姿态出现,巧妙运用讽刺的手法,既能批评现实,又含蓄婉转。如达到孔子的要求,学诗以后就可以"言"了:可以"兴"言,可以"观"言,可以"群"言,可以"怨"言。

《楚辞》有鲜明的楚文化特征,宋代黄伯思在《新校楚辞·序》说:"盖屈宋诸骚,皆书楚语,作楚声,记楚地,名楚物,故可谓之'楚辞'。"《楚辞》中屈宋诸人之作，都有明显的楚文化特征，其中涉及的神话故事、历史传说、风尚习俗都打上楚文化的印记。《楚辞》中对文化事项的描写也是多方面的，《天问》一篇对天地、自然、社会、历史、人生等提出173个问题。《招魂》中对建筑的描写："高堂邃宇，槛层轩些。层台累榭，临高山些。网户朱缀，刻方连些。冬有突厦，夏室寒些。川谷径复，流潺湲些。光风转蕙，氾崇兰些。"这里涉及了建筑及其环境。

唐诗宋词是中国文化辉煌的表现，也是反映文化的重要形式。唐诗名家辈出，文化内涵丰富。盛唐诗是诗歌发展的鼎盛阶段，李白、杜甫、孟浩然、王维、王昌龄、高适、岑参、李颀等大家名家的诗歌创作，表现了广泛的社会生活内容，形成境界雄阔、含蕴深厚、韵味无穷的"盛唐之音"。"诗仙"李白诗风豪放飘逸，"诗圣"杜甫诗风沉郁顿挫，被誉为唐诗史上的"双子星"。中唐是唐诗的中兴时期，韩愈、孟郊、李贺等人，不仅发展了杜甫诗歌奇崛的一面，还追求诗风的浑厚奇险。白居易、元稹等人则发扬杜甫的现实主义传统，作品反映现实生活内容，诗风通俗易懂。晚唐是唐诗发展的衰落期，但杜牧、李商隐诗歌自成一格，杜牧为晚唐七绝的圣手，李商隐则努力表现内心世界的情感体验，诗风凄艳浑融，具有极高的审美价值。

唐诗题材广泛，风格多样，其中山水田园、边塞题材诗在盛唐蔚为大观，在诗歌创作中追求奇险怪异和通俗易懂两派分立。

以王维、孟浩然为代表的山水田园诗人，继承了陶渊明、谢灵运写作田园山水诗的传统，他们的作品大多是描绘山水田园的自然风光，表现自己闲适隐逸的情趣。以高适、岑参为代表的边塞诗人，大力写作反映边地生活的作品，描写边地战争，表现出对建功立业的热情和对和平生活的渴望；同时也因描写边地风光和异域风情，拓宽了诗歌的表现领域。

中唐出现的奇险诗派和通俗诗派，表现出中唐诗人的开拓精神。以韩愈、孟郊为代表的奇险诗派，又称"韩孟诗派"，这一诗派在诗歌写作上好为奇崛，追求险怪，纠正了大历以来的平庸诗风，以新奇的语言风格和章法技巧来写作，进一步提升了诗的表现功能。以元稹、白居易为代表的通俗诗派，又称"元白诗派"。这一派在诗歌写作上重视写实、崇尚通俗，他们继承了古乐府的精神，自拟新题，缘事而发，在写作中以口语入诗，力求通俗易懂。

词的产生因燕乐繁盛，宋词是与唐诗并称的一代文学之盛。婉约、豪放争奇斗艳。婉约和豪放是就宋词的主要风格而言的，也是大略的划分，因此婉约和豪放也是相对的。所谓婉约是指文辞的柔美简约，作为词的风格，是以阴柔为审美特征的，内容上多写爱情、婚姻和家庭，也涉及羁旅行役、恋土怀乡等。其抒情注重细腻入微、委婉含蓄。而豪放则是指风格豪迈、无所拘束，作为词的风格，是以阳刚为审美特征的，内容上多涉及人生、社会的重大主题，如理想抱负、民族盛衰、国家兴亡和民生疾苦等。其抒情多慷慨激昂、乐观进取。最早提出词分豪放、婉约二体的是明人张綖，他在《诗余图谱》中说："词体大略有二：一体婉约，一体豪放。婉约者欲其词情蕴藉，豪放者欲其气象恢宏。盖亦存乎其人，如秦少游之作，多是婉约；苏子瞻之作，多是豪放。"后人则以此梳理宋词，纳入二体之中，遂有婉约、豪放二派。其实分宋词为二派，过于简单，但优点是能看出宋词的基本发展脉络。

人要诗意地栖居，诗意的核心价值和美丽姿色在文化母体中浸润、孕育、生长。诗的诞生，实缘于生活中诗意的发现。"物之感人"而有"舞咏"矣。钟嵘《诗品·序》云："气之动物，物之感人，故摇荡性情，行诸舞咏。照烛三才，晖丽万有，灵祇待之以致飨，幽微藉之以昭告，动天地，感鬼神，莫近于诗。"这就意味着：具有诗意的外物才能感动人心，因栖居而有诗意，才能写出诗歌，而诗歌又帮助人们生活得更具诗意。可补充一句："非陈诗何以展其义？非长歌何以骋其情。"人要诗意地栖居，构成了人和自然、社会的和谐，形成了诗性的文化生态。

从发生学角度看，"诗言志"的说法值得重新审视。诗首先是叙事。最早的素朴的诗歌已很难寻觅，通常歌谣的开篇是《吴越春秋》中的《弹歌》："断竹，续竹。飞土，逐宍。"宍，古"肉"字。虽然简短，但仍然可以看出其叙事的特征。叙事，是人类认识世界、认识事物最初的表现方式，此处论断可以稍微缓和一点：如抒情，是人类表现、摹写主体内在情感精神的手段。这样比较中和一点，可避免由对比叙事和抒情高下而带来的可能

前　言

　　"天下有大美而不言，能言之者，非画即诗。画人资之以作画，诗人得之以成诗；出于沉思翰藻谓之诗，出于气韵骨法谓之画。"饶宗颐先生这番话，指出诗画皆以"天下之大美"为表现对象，但又有所不同，诗歌出之于"沉思翰藻"，绘画出之于"气韵骨法"。

　　诗画虽属于不同的艺术类别，但常常被一起提及，如"诗情画意"、"如诗如画"、"诗中有画，画中有诗"，或诗画互称，诗为"有声画"，画为"无声诗"等。在中国传统文化中，诗与画关系密切。东汉以来，画家以诗为画，取诗歌为题材而作诗意画。自唐代以后，因画作诗亦蔚然成风，后经宋徽宗赵佶画上题诗，诗画融合为一。经过历代的发展积累，到元代，诗书画印融合一体的文人画成熟，成为明清画坛主流。

　　中国诗画虽倾向于融合，西方诗画却倾向于区分界限。18世纪，德国莱辛撰《拉奥孔》一书，论述诗与画的界限。莱辛的诗画异质论，虽有所局限，却给予世人很大的启示。20世纪初，中国学者如朱光潜、钱锺书、宗白华等人，将莱辛的理论引介入中国，尤其是钱锺书，对莱辛理论作进一步阐发，指出中国诗画评价标准不一，而且画较诗多有所局限，认为画不及于诗。此后数十年间，国内学者继续阐述和接受，对传统的王维"诗中有画，画中有诗"进行质疑，甚至引发学术论争。这场论争，最终使诗画关系得到更为深刻的认识。

"诗者，言语之至精者也；画者，形象之至美者也。"诗画有别，在艺术门类区分上，诗是诗，画是画，彼此不能相互替代，这是不容置疑的。但诗画界限并非泾渭分明，而是可以超越的，互为补充融合。

目　录

总　序 ……………………………………………………… 1

前　言 ……………………………………………………… 1

一　诗歌与绘画的融合史 ………………………………… 1
（一）唐前 ………………………………………………… 1
（二）唐代 ………………………………………………… 6
（三）宋代 ………………………………………………… 13
（四）元明清 ……………………………………………… 23

二　诗意画：以诗为画 …………………………………… 31
（一）唐前：经史画和诗意画 …………………………… 31
（二）唐代：采诗意景物而图写之 ……………………… 34
（三）宋代：诗中觅画意和以诗试士 …………………… 38
（四）元明清：讽咏之不足，则译之为画 ……………… 49

三　题画诗：因画题诗 ……………………………… 74

（一）诗缘画而作 ……………………………………… 74

（二）画龙点睛与佛头着粪 …………………………… 115

四　文人画：诗画合一 ……………………………… 150

（一）诗情与画意 ……………………………………… 151

（二）兼能者多，兼工者少 …………………………… 176

五　诗歌与绘画的界限 ……………………………… 181

（一）中西诗画关系论 ………………………………… 182

（二）西学东渐 ………………………………………… 188

（三）超越界限 ………………………………………… 205

结　语 ………………………………………………… 249

参考文献 ……………………………………………… 251

一　诗歌与绘画的融合史

　　一幅中国文人画，在山水、人物、花鸟之外的空白地方，往往会题上诗歌来描述画面意境或抒情寄怀，诗画共构而又相互映带，此即诗画融合。诗歌与绘画的融合，是中国传统文化的民族特色。西方文艺理论倾向于区分诗歌与绘画的界限，中国更倾向于谈论诗歌与绘画的相通相融。虽然诗画融合是中国诗画关系的主流，但诗画毕竟分属于不同的艺术类别，诗歌是时间艺术、语言艺术，绘画是空间艺术、造型艺术，中国诗画的融合，经历了漫长的发展过程。

（一）唐前

　　《论语·八佾》："子夏问曰：'巧笑倩兮，美目盼兮，素以为绚兮。'何谓也？子曰：绘事后素。曰：礼后乎？子曰：起予者商也！始可与言诗已矣。""巧笑倩兮"句出自《诗经》国风中的《硕人》，子夏以此问教孔子，孔子以"绘事后素"回答，意谓绘画先以白色为底子再施之五彩绘写，以之譬喻有良好的质地，再进行修饰，更能突显出绚丽。子夏受此启发，进而指出"礼"是在"仁"本质上的修饰，阐说了孔子学说之核心——"仁"，因此受到孔子的赞赏。但是，孔子师徒只是借绘画来阐析《硕人》人物外貌描写及仁礼关系，对诗画关系却没有进一步地阐发。

（战国）楚帛书（美国华盛顿赛克勒美术馆藏）

要阐述诗画融合的发展过程，还得从文字与图像的结合说起。从出土文物来看，文字与图像的结合可追溯到楚国的一块帛书。1942年，考古专家在长沙东郊子弹库楚墓挖掘出一块完整的帛书和一些残片。这块完整的帛书中间，写有两段方向互为倒置的文字，其中一段八行，主要记述日月四时形成的传说，另一段十三行，主要记述天象灾异，强调知岁顺时的重要性。帛书四角，有分别用青、赤、白、黑四色绵画的树木，象征着春、夏、秋、冬四时。帛书四周边缘，还有十二段文字，每段文字都配有一个奇形怪状的神像，这是十二个月的每月一神。这块帛书，主要出于实用而非审美，通过文字与图像结合的方式，形象地告诉世人要敬天顺时，否则就会天降凶咎，遭灾受祸。这块帛书原藏在美国纽约大都会博物馆，1987 年移藏到华盛顿赛克勒美术馆。

两汉时期，绘画中有大量的文字与图像结合的情况。据《汉书·苏武传》记载："甘露三年，单于始入朝。上思股肱之美，乃图画其人于麒麟阁，法其形貌，署其官爵、姓名。"汉宣帝甘露三年（公元前 51），匈奴单于归降，入汉朝见天子。宣帝因此忆念股肱大臣们的功德，乃令画工在麒麟阁画出十一名功臣的形貌，并署明其官爵姓名，以示表彰。这十一名功臣，依其先后顺序，分别署：大司马大将军博陆侯霍氏（霍光）、卫将军富平侯张安世、车骑将军龙额侯韩增、后将军营平侯赵充国、丞相高平侯魏相、丞相博阳侯丙吉、御史大夫建平侯杜延年、宗正阳城侯刘德、少府梁丘贺、太子太傅萧望之、典属国苏武。由此可知，麒麟阁画十一功臣像，都会在人像旁署明官爵姓名。

绘画最早是当作一种装饰品，后来越来越重视其政治礼教功能，统治者通过绘画来教化民众，规范礼仪，使其见画而自诫，因此求得政治稳固、礼教化行。汉代，不但麒麟阁绘功臣像以示表彰，鲁王刘余所建的灵光殿的壁画也绘画了三皇五帝、淫妃乱主、忠臣孝子、烈士贞女、贤愚成败，从而恶以诫世，善以示后。统治者借人物画大肆宣扬政教、礼教，以维持稳定的统治秩序，地方官府也上行下效，常常借人物画来记功颂德，以此达到寓教于画的目的，这在《后汉书》中的《列女传》《蔡邕传》《胡光传》《陈纪传》《方术传》《南蛮传》都有记载。风气之盛，以至于后世子孙以父祖不能绘画入图为耻，王充《论衡·须颂篇》记："宣帝之时，画图汉烈士，或不在画上者，子孙耻之。何则？父祖不贤，故不画图也。"

这些人物画，大致有一定的范式。据蔡质《汉官典职》记述："尚书奏事于明光殿，省中皆以胡粉涂壁，紫青界之，画古烈士，重行书赞。"可知，先以胡粉（铅粉）涂壁打底，再用紫青色线条勾勒人物轮廓，再上色，最后另起一行在画像旁题上赞语（画赞）。虽然汉代人物画未必尽然如此，但当中应有大量类似的文字与图像相结合的形式。

除壁画外，汉画像石也常常配上文字，这种文字被称为"榜题"。邢义田曾总结出汉画像石榜题的四种格套：一是标题型：以简单数字总括画像所描绘的故事或画旨，如"七女"其实就是"七女为父报仇"标题的缩简。其他例如东汉武梁祠中画像石的"邢渠哺父""曹子劫桓"等。二是元件标示型：以文字标示画像中的各元件，即榜题不说明整个故事，需标明画像内容所涉的地点、人物、时间、景物等。三是内容简介型：以稍多的文字简要说明画像的内容，而不仅仅是标示元件的名称，如武梁祠的"谗言三至，慈母投杼"等。四是画赞型：画像配以文字对偶或有韵的赞颂，如武梁祠梁高行图侧的"高行处梁，贞专精纯，不贪行贵，务在一信。不受梁聘，劓鼻刑身，尊其号曰高行"等。① 诸此种种，表明了汉代绘画存在文字与图像大量结合的情况。

虽然汉代壁画、画像石的文字主要出于标记注明的需要，但为后世题画诗的产生以及画上题诗起到了开拓艺术思维的作用，后世不少传世绘画作品依然能看到前期的艺术印痕。

汉代，除了文字与图像结合的绘画外，还出现了诗意画。处于礼教时期的汉画，以经史故事的题材最受重视，作品亦以经史故事人物画为主。张彦远在《汉明帝画宫图》下小字注道："汉明帝雅好画图，别立画官，诏博洽之士班固、贾逵辈，取诸经史事，命尚方画工图画，谓之画赞。"《诗经》作为五经之一，也成为画家喜爱的题材，东汉刘褒根据《云汉》《北风》二诗绘制了《云汉图》和《北风图》，可惜早已佚亡。《历代名画记》有记："刘褒，汉桓帝时人，曾画《云汉图》，人见之觉热；又画《北风图》，人见之觉凉。"《云汉》描绘了烈日炎炎、河流干涸、草木如焚、民不聊生的图景，《北风》描绘两人在夹杂着雨雪的北风中携手同行。《云汉图》见之觉热，《北风图》见之觉凉，说明这两幅画的艺术感染力极强。

---

① 邢义田：《格套、榜题、文献与画像解释——以一个失传的"七女为父报仇"汉画故事为例》，参见颜娟英：《美术与考古》，北京：中国大百科全书出版社 2005 年版，第 194 - 200 页。

魏晋南北朝，战乱频繁，礼教崩析，绘画思想随之解放，不复为礼教所囿，经史故事人物画也因此逐渐衰落，但仍是画坛主流。同时，以文学为题材的绘画也逐渐增多，这与文人士大夫介入绘画创作有极大的关系。在汉代画史上，职业画工因地位低下而鲜见记载，留名画史的画家多为文人士大夫，如张衡、蔡邕、赵岐、刘褒等。到了魏晋南北朝，画家中有工匠，亦有文人士大夫。文人士大夫介入画事，自身的学识素养，对绘画题材文学化有极大的影响，如顾恺之的《洛神赋图》《女史箴图》《列女图》，史道硕的《蜀都赋图》《酒德颂图》《琴赋图》《嵇中散诗图》，戴逵的《南都赋图》《董威辇诗图》《嵇阮十九首诗图》，史敬文的《张平子西京赋图》，史艺的《屈原渔父图》，顾景秀的《陆机诗图》，王奴的《啸赋图》等。在诸多经史文学题材中，《诗经》是画家最喜爱的题材，如司马绍的《豳风七月图》《毛诗图》，卫协的《北风图》《黍稷图》，陆探微的《诗新台图》，刘斌的《诗黍离图》等。魏晋南北朝绘画题材文学化，使诗画融合进一步发展，出现了众多诗意图，而且选材范围不再仅限于《诗经》。

（二）唐代

唐代文化全面发达，诗歌与绘画都呈现出盛世气象，尤其是诗歌，成为一代文学之代表。魏晋南北朝因战乱促成了宗教的勃兴，道释画成为画坛主流。到了唐代，道释画依然风行，但绘画题材已有新变化，那就是山水画和花鸟画的兴起。山水画先有大小李将军（李思训、李昭道）的金碧山水，后有王维的水墨山水；花鸟画崭露头角，启五代花鸟画之先风。诗画的繁荣，使两者的交融有了突破性的发展。

拈诗意以为画意的人越来越多，如边塞诗人李益每作一篇，画人相争为画；郑谷作《雪诗》，段赞以之为画，曲尽其情；张志和作《渔歌》，复以为画，随句赋象，人物、舟船、鸟兽、烟波、风月，皆依其文，曲尽其妙。

唐代还出现真正意义上的题画诗，《全唐诗》中杜甫、李白、白居易、刘长卿、刘商等人题画、品画的诗歌就有一百多首。其中杜甫的题画诗存世有十八首，也最为出色，王渔洋《蚕尾集》视杜甫为题画诗的创始人："六朝以来，题画诗绝罕见。盛唐如李太白辈，间为之，拙劣不工。《王季友》一篇，虽小有致，不佳也。杜子美始创为画松、画马、画鹰诸大篇，搜奇抉奥，笔补造化。嗣是苏、黄二公，极妍尽态，物无遁形。虞伯生尤专攻于此学，古录中歌行佳者，皆题画之作也。入明刘槎轩、李西涯、沈石田辈，以迨空同、大复，皆拟少陵。子美创始之功伟矣。"关于最早的题画诗出现在什么时候，目前学界尚未有定论，但这段话确实也道出了杜甫在题画诗发展史上的地位与贡献。一方面，杜甫于每一首题画诗皆用心创作而特见精彩；另一方面，此前的画赞、咏画扇、画屏的诗歌，是否属于题画诗，学界尚存在争议，但杜甫创作的题画诗，却是毫无争议地被视为"题画诗"，后世题画诗也多受杜甫启导。但是，唐代的题画诗都没有题写在画面上，相较于汉代绘画上的姓名官爵、画赞、榜题，唐代传世绘画上的文字相当罕见，偶有名款，也都是后人添加。这大概是因为唐代绘画较以前绘画有了足够的叙事性，无须借助题款文字来辅助说明。而且山水画的崛起，人物画不再是画坛主流，这个变化也影响了题款的改变。

文人士大夫参与绘画、赏画、题画、评画，对诗画融合影响至巨。文人士大夫兼具文学素养和绘画技能，方能使诗画互为借鉴、渗透和融合，而且他们掌握着话语权，主导中国绘画的发展方向和趣味取向，他们的社会地位本来就影响着画坛的风气。虽然大多数文人士大夫的画技普遍不及职业画工，但职业画工社会地位低下，文学修养普遍不高，也决定了他们的影响力有限，所以诗画融合是由文人士大夫来导引、完成的。

在唐代文人士大夫当中，对诗画融合影响最大的是王维。王维出身世家，自小才华过人，官至尚书右丞。王维的才华是全方面的，十多岁时已有诗名，时人称"天下右丞诗"，又工于书画，精通音律，这种综合素养使他将诗画渗透、融合。在王维获得画名之前，他的诗篇已自有画意，王世贞评"王维诗入画三昧"，如"行到水穷处，坐看云起时""落花寂寂啼山鸟，杨柳青青渡水人""白云回望合，青霭入看无"等，以至于后世画家取唐人诗句为画，多选择王维诗歌。王维自称"夙世谬词客，前身应画师"，他的画也充满了诗意，如传为王维画的《江山霁雪图》，就令人想起他《汉江临眺》的诗句："江流天地外，山色有无中。"可惜王维画作流传到宋代已所见不多，流传至今署款王维的画作，也多不可信。

（元）唐棣《王维诗意图》（美国大都会博物馆藏）

王维诗意境幽美，读其诗如置身画中；王维画境富有诗意，观其画如品其诗。王维的诗画创作，表明了诗画的相通相融，这一点在唐代早已有人点出。殷璠在《河岳英灵集》称王维诗"着壁成绘"，而张祜《题王右丞山水障二首》即称王维画乃"平生诗思残"，即画为诗之残剩。但"诗中有画，画中有诗"的艺术规律，直到宋代苏轼才总结出来。苏轼《书摩诘蓝田烟雨图》："味摩诘之诗，诗中有画。观摩诘之画，画中有诗。诗曰：'蓝溪白石出，玉川红叶稀。山路元无雨，空翠湿人衣。'此摩诘之诗，或曰非也，好事者以补摩诘之遗。"苏轼提出"诗中有画，画中有诗"后，此语被世人广泛征引，常常用来评价中国诗画，或用来品评王维，如王夫之："家辋川诗中有画，画中有诗"；或转评他人，如贡性之评黄公望："此老风流世所知，诗中有画画中诗"；或泛评诗画，如李俊民："士大夫咏情性，写物状，不托之诗，则托之画，故诗中有画，画中有诗。"

王维诗画互拟，确有相通性，但"诗中有画，画中有诗"者并不止王维一人，贺贻孙就曾言："诗中有画，不独摩诘也"，像曹植、陶渊明、白居易、杜甫等人的诗歌也可以看出一种画意；秦汉绘画传世不多，但唐代展子虔的《游春图》、李思训父子的青绿山水，亦可于画中品味到一种诗意。那为何苏轼偏偏将"诗中有画，画中有诗"用于王维而非他人呢？刘石对此道："中国古典诗歌史和绘画史上均不缺乏卓越人物，但兼擅并能两臻化境的实在不多。而在这为数不多的人中，以时代早晚及成就高下而论，都不得不首推王维。"① 单论诗或画，都不缺乏与王维比肩或胜于王维者，但两者都能臻于化境者确实不多，而纵观中国诗史和画史，王维诗画相融无疑是最早的，他诗画的成就及地位也是

---

① 刘石：《诗画平等观中的诗画关系——围绕"诗中有画"说的若干问题》，《文艺研究》2009 年第 9 期，第 42 页。

公认的，所以王维无疑是最合适的人选。自宋以来，历代就有相同的见解：

　　顾长康善画而不能诗，杜子美善作诗而不能画。从容二子之间者，王右丞也。（宋·张嘉甫）

　　王摩诘能诗更能画，诗入圣而画入神。自魏晋及唐几三百年，惟君独振。（元·赵孟頫）

　　右丞诗云："夙世谬词客，前身应画师。"盖自道也。右丞诗与李、杜抗行，画追配吴道子，毕宏、韦偃弗敢平视。至今读右丞诗者则曰有声画，观画者则曰无声诗。以余论之，右丞胸次洒脱，中无障碍，如冰壶澄澈，水镜渊淳，洞鉴肌理，细现毫发，故落笔无尘俗之气，孰谓诗画非合辙也！（明·吴宽）

　　古之才人求名于文墨之间，未有能以诗画并著者也。有之，自王摩诘始。盖其才情气韵得之有素，每一落笔莫不尽善，故世之言诗画者举皆宗之。（清·汪琬）

　　我们再谈谈王摩诘的'诗中有画，画中有诗'，作个结束。其实这话也不限于王摩诘一个人当得起。从来哪一首好诗里没有画，哪一幅好画里没有诗？恭维王摩诘的人，在那八个字里，不过承认他符合了两个起码的条件。（民国·闻一多）

　　自宋元以来，文人画取代画院画成为画坛主流，诗画相通相融成为画坛的共同追求，尤其是明代董其昌提出"画分南北宗"

后，将王维推举为文人画南宗之祖，王维越来越为后世所重。清代王文浩曾指出唐代吴道子时有"画圣"之称，但因不合于文人画，师法者反而不及王维多："道玄虽画圣，与文人气息不通；摩诘非画圣，与文人气息相通。此中极有区别。自宋元以来，为士大夫画者，瓣香摩诘则有之，而传道玄衣钵者，则绝无其人也。"对此，明代李日华直截了当地说："余尝谓王摩诘玉琢才情，若非是吟得数首诗，则琵琶伶人、水墨画匠而已。"诗画双绝，也因此决定了王维的画史地位。

前面说过，诗画融合需由文人士大夫来促成，除了素养和技能之外，还因为职业画工地位低下，绘画只能迎合消费者、赞助者的品位好尚，没有话语权，不能引导画史发展潮流。即使是文人士大夫，有的以一艺闻名于时，却往往以艺掩他才，如阎立本幼承家学，擅长绘画，与其兄阎立德皆以画闻名于世。阎立本自少读书，文才不减同辈，又有处理政务的才能，总章元年（668）以司平太常伯拜右相。当初唐太宗与侍臣泛舟春苑池，见异鸟随波容与，喜而命侍坐者赋诗，又传呼"画师"阎立本于阁外写生绘貌。当时，阎立本已官至主爵郎中，俯伏池边，研刮丹粉，回首在座的人，羞惭得汗水直下，事后回家告诫儿子勿再学画："吾少读书，文辞不减侪辈，今独以画见名，遂与厕役等，若曹慎重毋习。"姜恪因讨伐吐蕃有战功而擢升为左相，当阎立本官拜右相时，却为画名所累，乃为时人所讥："左相宣威沙漠，右相驰誉丹青。"

王维却与阎立本恰好相反，自作诗云："夙世谬词客，前身应画师"，而时人却不以画师视之，如杜甫《解闷》（其八）就称他"高人王右丞"。这不仅是因为王维兼擅诗画，也因为王维出身世家，才华过人，十多岁时诗名已显，二十出头就高中进士，与弟王缙以科名、文学冠绝当代，时称"朝廷左相笔，天下右丞诗"，当时豪英贵人莫不以能与之结交为荣，以至于人们皆尊称其官名而不呼其名。所以，综合来看，王维诗画的才华与成就，以及社会声誉地位，都促成了他在诗史画坛的地位，因此，王维也就成为"诗中有画，画中有诗"的最佳人选。

（三）宋代

宋代也是一个文艺兴盛的朝代，各门文艺都取得了长足的发展，在中国诗史与画史上，宋诗与唐诗比肩，宋画与元画并峙，都是诗史和画史上的高峰。文人士大夫参与绘画、题画、赏画，进一步促成了诗画的融合。郑午昌称，自宋代始，中国绘画进入了一个"文学化"的时期。[①] 苏轼提出"诗中有画，画中有诗"，也是顺应了诗画发展的潮流。

宋朝重文轻武，文人士大夫的现实境遇及社会地位有所提高，进入了一个前所未有的隆盛时代。宋代文人士大夫阶层文化素养普遍很高，诗文、书画、金石、词曲，均有所涉猎，甚至精

---

① 郑午昌：《中国画学全史》，上海：上海古籍出版社 2001 年版，第 182 页。

通多门才艺，多才多艺成为宋代文人士大夫的一个普遍特征。文人士大夫熟习诗画，在文艺评论中很容易就某点相通之处将两者关联，互为譬喻，阐述文艺审美感受。从《诗经》的"比兴"到后世诗论中的"情景交融"，诗歌往往借景抒情、情景交融，形象生动的景物描写往往给人一种"宛然在目"的画面感。欧阳修《六一诗话》记梅尧臣曾语："必能状难写之景，如在目前，含不尽之意，见于言外，然后为至矣"，又评唐代严维"柳塘春水漫，花坞夕阳迟"诗句："天容时态，融和骀荡，岂不如在目前乎？"梅尧臣这段诗话阐述了状写"难写之景"，使之映像在读者眼前，可使"不尽之意"在言外得到表达，后被宋代文人广泛征引阐发，对宋代诗坛产生了巨大的影响，类似"状难写之景，如在目前"之类的说法，常常可见。晁贯之评杜甫诗"落絮游丝白日静，鸣鸠乳燕青春深"道："虽当隆冬沍寒时诵之，便觉融怡之气生于衣裾，而韶光美景突然在目，动荡人思。"陈善评陶渊明诗"采菊东篱下，悠然见南山"及杜甫诗"夜阑接软语，落月如金盘"道："每咏此二诗，便觉得当时清景尽在目前。"胡仔评惟政《牛山中偈》"桥上山万层，桥下水千里。惟有白鹭鸶，见我长来此"道："造语平易，不加雕斫，而清胜之景，闲适之意，宛然在吾目中矣。"

又或以类似"想见"等语论诗，如范晞文："子建《公宴诗》：'清夜游西园，飞盖相追随。明月澄清景，列宿正参差。秋兰被长坂，朱华冒绿池。潜鱼跃清波，好鸟鸣高枝'，读之犹想见其景也。"如苏轼诗云："惜哉此清景，变幻不可逐。归来读君诗，耿耿犹在目。"又如梅尧臣诗云："览君南来诗，如对江上景。"

诗歌令人有"宛然在目""如在目前"之感，而绘画呈现于观者眼前的景物，亦令人于诗中找到似曾相识的映像。晁补之《捕鱼图序》记曾见一幅传为王维画的《捕鱼图》，画江南初冬欲雪时之景："目相望不过五六里，若百里千里。右丞妙于诗，故画意有余。世人欲以语言粉墨追之，不似也。常忆楚人云：'帝子降兮北渚，目渺渺兮愁予，嫋嫋兮秋风，洞庭波兮木叶下'，引物连类，谓便若湖湘在目前。"从王维《捕鱼图》所画的初冬欲雪之景，仿见楚辞《湘夫人》所描写的湖湘秋景。再如朱弁《风月堂诗话》里苏轼的一段话：

> 东坡云："老杜自秦州越成都，所历辄作一诗，数千里山川在人目中。古今诗人殆无可拟者。独唐明皇遣吴道子乘传画蜀道山川，归对大同殿，索其画无有，曰：'在臣腹中。'请尺素写之，半日而毕。明皇后幸蜀，皆默识其处。惟此可比耳。"

杜甫从秦州到成都，将一路所历所见记之于诗，令人恍见千里山川，正如前面所引的一段话："读老杜入峡诸诗，奇思百出，便是王宰蜀中山水图。"而吴道子所画蜀道山川壁画，令入蜀避难的唐明皇能默识其处。若唐明皇读杜诗、观吴画，是否会有相通之感呢？清代唐顺之读杜诗、观周臣画，就看到两者既鲜明可感又蕴藏隽永的相通性："少陵诗云：'华夷山不断，吴蜀水常通。'只此二语，写出长江万里之景如在目中，可谓诗中有画；今观周生所画《长江万里图》，又如见乎少陵之诗，可谓画中有诗。"

其实，诗画相通在宋代是一种普遍的文艺观。苏轼除了提出"诗中有画，画中有诗"外，还提出了"诗画一律"，如《书鄢陵王主簿所画折枝二首》其一："论画以形似，见与儿童邻。赋诗必此诗，定非知诗人。诗画本一律，天工与清新。"自苏轼之后，诗画相通的文艺观念越来越广为接受、传播，如诗画互称，将诗称为"无色画""有声画"，将画称为"有形诗""无声诗"：

烦公有声画，相我无弦琴。（王安中）

李侯有句不肯吐，淡墨写出无声诗。（黄庭坚）

小潘诗家子，解作无声诗。（杨万里）

雪里壁间枯木枝，东坡戏作无声诗。（释德洪）

东坡戏作有声画，叹息何人为赏音。（周孚）

诗是无形画，画是有形诗。（张舜民）

终朝诵公有声画，却来看此无声诗。（钱鍪）

敢将有声画，博君无声诗。（陈普）

不须作此无声画，妙画自以无声传。（王庭珪）

何人作此无声诗，展开如入溪山境。（白玉蟾）

　　诗画相通，但诗画毕竟属于不同的艺术门类，所以邵雍《诗画吟》比较了诗画各自的艺术特长，却又道出了两者的艺术界限：“画笔善状物，长于运丹青。丹青入巧思，万物无遁形。诗笔善状物，长于运丹诚。丹诚入秀句，万物无遁情。”所以，宋人又发展了诗画互补的观点，如蔡绦：“丹青吟咏，妙处相资。昔人谓‘诗中有画，画中有诗’者，盖画手能状，诗人能言之。唐人有《盘车图》，画重岗复岭，一夫驱车山谷间。欧阳修赋诗：‘坡长阪峻牛力疲，天寒日暮人心速。’……画工意初未必然，而诗人广大之。乃知作诗者徒言其景不若尽其情，此题品之津梁也。”画善状物，诗善表情，因画题诗，以道其情，或于画外广大其意，从而以诗补画。这也就是品题绘画的“津梁”，亦即题画诗之缘起。

　　诗可补画，画亦可补诗，吴龙翰：“画难画之景，以诗凑成；吟难吟之诗，以画补足。”“吟难吟之诗，以画补足”，诗歌用文字描述各个景点来组建诗境，需要读者通过想象来呈现诗中景物，不如绘画的直观形象，而且诗境过于抽象，也可通过诗意画将之一一具体补足呈现。实际上，古人之清篇秀句也可激发画思，令画家将诗境呈现于画境。这种依诗作画、于画中求诗意的行为在宋代相当普遍，如郭思将其父郭熙所诵以及认为可“发于佳思而可画”的“古人清篇秀句”记录罗列了出来，其中有羊士谔《过三乡望女几山，早岁有卜筑之志》、长孙佐辅《寻山家》、窦巩《寄南游兄弟》等诗。宋代诗意画的创作，影响最大的莫过于宣和画院的以古人诗句命题取士，邓椿《画继》记宋徽宗时"始建五岳观，大集天下名手，应诏者数百人，咸使图之，多不称旨。自出之后，益兴画学，教育众工，如进士科，下题取士，复立博士，考其艺能"。画学命题取士，是命应试院画家根据古人诗句绘画，以绘画形式将诗句语意表现出来，不离语意又最得巧思者，就为画状元。据记载，命题诗句有"野水无人渡，孤舟尽日横""蝴蝶梦中家万里""杜鹃枝上月三更""嫩绿枝头红一点，动人春色不须多"等，其匠心独运，颇为后人所称道。

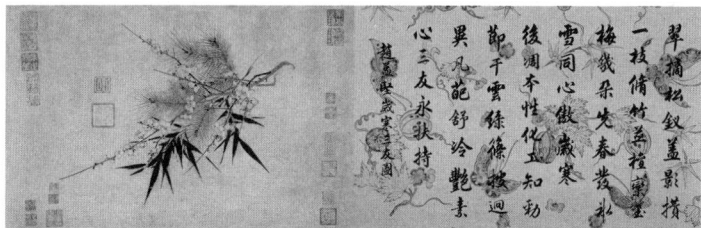

(宋) 赵孟坚《岁寒三友图》(台北故宫博物院藏)

题画诗到了宋代，越来越风行，当时文人士大夫多有品画题诗的诗作，如苏轼、黄庭坚、文同、王安石、欧阳修、梅尧臣、陈师道、陆游、范成大等。题画诗歌之多，以至于时人收录成集，先是北宋刘树赣有《题画集》一卷，收有题画诗19首；后是南宋孙绍远搜集唐宋题画诗，编次成《声画集》，收有题画诗805首，其中宋人题画诗占了绝大多数，由此可见宋代题画诗之昌盛，故清代乔亿乃言"题画诗三唐间见，入宋浸多"。可惜宋代以诗题画，鲜少直接题于画面之上，大都是题于画心前后。其实，宋代绘画别说于画上题诗，就是题款也不多，有的是仅署画家姓名的"穷款"，而且有的题款非常隐秘，若不细看，还很难发现。总的来说，就是尽量避免题款文字侵占画面，只是隐藏于画面不显著的角落，如燕文贵《溪山楼观图》在画面左边石上题款"翰林待诏燕文贵笔"，郭熙《早春图》在画面左侧题款"早春 壬子年郭熙画"，《读碑窠石图》在图中碑侧书款"王晓人物李成树木"，崔白《寒雀图》在树干下仅署穷款"崔白"，另一幅《双喜图》则在树干上题款"嘉祐辛丑年崔白笔"，诸如此类。

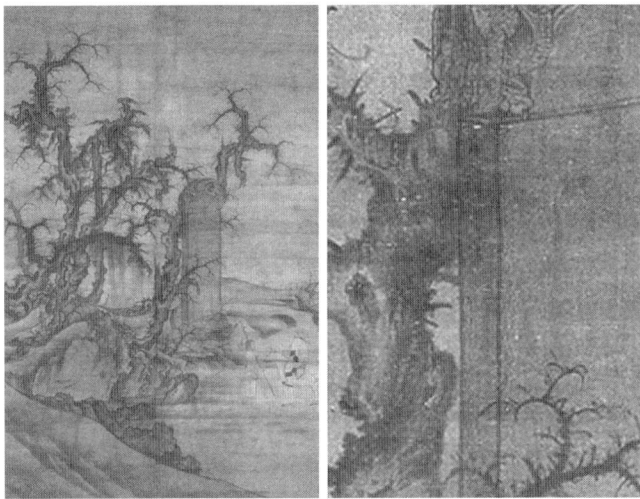

（宋）王晓、李成《读碑窠石图》（日本大阪市立美术馆藏）

（宋）崔白《双喜图》（台北故宫博物院藏）

对此，明清人认为这是因为画家书法不精，恐伤画局。明代沈颢《画麈》："元以前多不用款，款或隐之石隙，恐书不精，有伤画局，后来书绘并工，附丽成观。"清代钱杜《松壶画忆》所言也大体差不多，但他指出苏轼开元代画上题诗风气之先："画之款识，唐人只小字藏树根石罅，大约书不工者，多落书背。至宋始有年月纪之。然犹是细楷一线，无书两行者。唯东坡款皆大行楷，或有跋语三五行，已开元人一派矣。"

画上题诗，要求画家在诗、书、画三方面都具有较高的造诣，方可达成。纵观唐宋画史，诸如王维、荆浩、范宽、李成、苏轼、文同、李公麟、王诜、米芾等人，都具有画上题诗的能力，但是他们都没有在画面上将诗、书、画融为一体。从现存画迹来看，宋徽宗赵佶是画上题诗第一人，周积寅《中国画论辑要》："唐代及其以前的题画诗，并未题在画上。宋代，由于文人画运动的掀起，题画诗有了进一步的发展。文同、苏轼、米芾、米友仁等，作了大量的题画

（宋）赵佶《芙蓉锦鸡图》（北京故宫博物院藏）

诗，但多数可能题在画前或跋在画后的。有画迹可考，在画上题诗的，当推宋徽宗赵佶为第一人。"①

---

① 周积寅：《中国画论辑要》，南京：江苏美术出版社 2005 年版，第 509 - 510 页。

记于赵佶名下的现存绘画有四十三幅，但赵佶传世的绘画一直有争议，有的认为是出自赵佶之手，有的认为出自院画家之手，赵佶再署款。其中最为可信且题款最为引人注目的有《五色鹦鹉图》《蜡梅山禽图》《瑞鹤图》《芙蓉锦鸡图》《祥龙石图》《文会图》六幅。在这六幅画上，赵佶用瘦金体直接在画上题诗，诗因画而题，而且诗歌在画面上题写的位置，与图画构成均衡的态势。如《芙蓉锦鸡图》，以芙蓉锦鸡为主体，占据画面的左上大部分画面，底下补以秋菊，画中锦鸡将视线投到画面右上角的两只蝴蝶。至此，构图唯余右上空白，赵佶在此题诗："秋劲拒霜盛，峨冠锦羽鸡。已知全五德，安逸胜凫鹥。"又于右下角题款"宣和殿御制并书"，再画上"天下一人"的花押。

从历代传世画迹来看，直到宋朝，画上题诗都并非常态，纵有题跋，也多题写于画心前后的绢纸上，画家署款一般都题写于隐蔽处，以免侵占画面。赵佶直接在画上题诗，不妨认为是其权力意志的一种表现：天下一人，唯我独尊。天下皆为天子所有，别人避忌之事，自身无须过虑，但凭喜爱而已。清朝乾隆每每于历代书画上题跋诗文，毫无顾忌是否会对古代书画原迹造成破坏，想其心理动机也出于此，当然也不排除附庸风雅和个人喜爱。但从诗书画融合的趋势来看，赵佶画上题诗也许是对诗画发展趋势的一种回应，而这种回应，也开启了画上题诗，诗书画融合一体的进程，诗书画一体化在元代得以完成。

（四）元明清

自宋代以后，"诗画一律""诗中有画，画中有诗"成为中国诗画关系论的主旋律，贯穿了元明清三朝，一方面是常常用来评论中国诗画，另一方面是就诗画关系进行阐论，如金代李俊民："士大夫咏性情，写物状，不托之诗，即托之画，故诗中有画，画中有诗，得之心，应之口，可以夺造化，寓高兴也。"又如明代孙鑛："诗中有画，画中有诗，昔人于摩诘有是评矣。然诗中画非善画者莫能拈出，而画中诗亦非工诗者莫能点破，二者互为宅第。"再如清代汤来贺："善诗者句中有图绘焉，善绘者图中有风韵焉。"清代原济亦言："诗中画，性情中来者也，则画不可拟张拟李而后作诗。画中诗，乃境趣时生者也，则诗不是便可生吞活剥而后成画。真识相触，如镜写影，初何容心，今人不免唐突诗画矣。"可以说，宋代苏轼、文同等文人士大夫的绘画、题画、论画，都从艺术内涵及精神内涵上打通了诗画两大艺术门类，但在艺术形式上，诗画一体化尚未完成。

宋徽宗之后，南宋皇室内又见宁宗赵扩及宁宗皇后杨妹子于院画家作品上题写诗歌。南宋院画家马远的《踏歌图》上有赵扩题写的王安石《秋兴有感》诗："宿雨清畿甸，朝阳丽帝城。丰年人乐业，垅上踏歌行。"宁宗皇后杨妹子在马远、马麟、马和之等画作上都有题诗，如马麟《层叠冰绡图》，绘三枝俯仰有致

的梅花，杨妹子题"层叠冰绡"，并题诗："浑如冷蝶宿花房，拥
抱檀心忆旧香。开到寒梢尤可爱，此般必是汉宫妆。"虽然赵佶
以帝王之尊，首次在绘画上直接题写诗歌文字，继其后，南宋宁
宗赵扩及宁宗皇后杨妹子也在画院画家马远、马麟等人的作品上
题写诗句，但是宋代帝王、后妃的这种画上题诗的做法，对当时
的画坛影响不大，并未能形成一种风尚。

（宋）马远《踏歌图》

（北京故宫博物院藏）

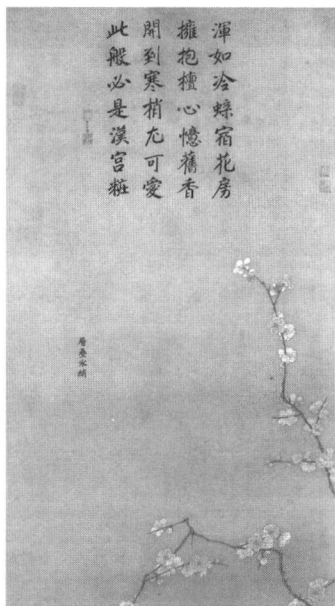

（宋）马麟《层叠冰绡图》

（北京故宫博物院藏）

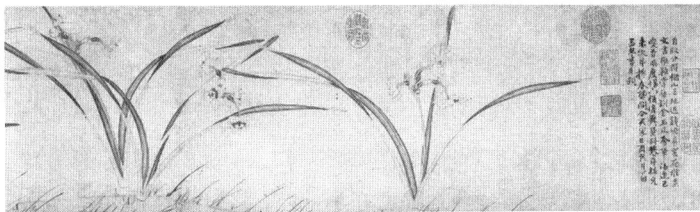

（宋）赵孟坚《水仙图》（局部）（天津艺术博物馆藏）

　　宋末元初，赵孟坚、郑思肖、钱选、赵孟頫等人也开始有意识地在自己的画作中题诗。赵孟坚《水仙图》画近百枝水仙，繁花密叶，于画前题诗道："自欣分得楮山邑，地近钱塘易买花。堆案文书虽鞅掌，簪瓶金玉且奢华。酒边已爱香风度，烛下犹怜舞景斜。矾弟梅兄来次第，挽春热闹令君家。己酉良月下旬，子固画并题。"郑思肖在其传世名画《墨兰图》上题诗："向来俯首问羲皇，汝是何人到此乡？未有画前开鼻孔，满天浮动古馨香。"以此来传达个人清高自傲的襟怀及家国沦亡的孤怀怅恨。钱选在《梨花图》上题诗："寂寞阑干泪满枝，洗妆犹带旧风姿。闭门夜雨空愁思，不似金波欲暗时。"借雨中美人喻指梨花，图写出内心的寂寞。赵孟頫《洞庭东山图》也于画上自题："洞庭波兮山崒嵂，川可济兮不可以涉。木兰为舟兮桂为楫，渺余怀兮风一叶。"不过赵孟頫作为元代画坛盟主，基本上也只是于画面上简单题款，署明年月姓名，画上题诗并不多见，而且对于元代文人画家逐渐打破陈规，在画面上题诗或题长跋，他还是持一种反对

态度的，曹昭《格古要论》记："古人题画书于引首，宋徽庙御
书题跋亦然，故宣和间背书画，用黄绢引首也。近世多书于画
首，赵松雪云：画至近世，遭一劫也。"不过画上题诗，诗书画
一体化的发展趋势终不可逆挡，在元代文人画家的努力下终于达
成，最终促成了文人画的成熟。这又需从宋元交替的历史文化背
景说起。

（元）钱选《梨花图》（美国大都会博物馆藏）

宋元交替，蒙汉两族的文化差异给汉族士人带来了巨大的冲
击。作为游牧民族，元朝统治者一开始并没有认识到儒家文化和
儒士的重要作用，废除了科举制度，断绝了汉族文人的进仕之
路。后来虽恢复科举，但民族压迫和歧视政策，以及对汉民族的
防范意识，使汉族文人入仕之路依然艰辛。文人进取无门，华夷
有别的观念更使他们对异族统治产生抵触情绪，内心深感压抑愤

懑、痛苦失落，逐渐滋生了厌世和逃世的心理，他们或退隐市井山林，或参禅悟道，以求得心灵的安宁。

在当时的社会背景下，正如关汉卿及玉京书会的诸多"才人"参与杂剧的创作、演出，一些文人也纷纷将其才智施展于绘画，以此抒情言志。但与前代所不同的是，他们以画为寄，以之遣兴抒怀、写愁寄恨，不以工整严谨、逼真秾丽为能事，多求个性表现，进一步强化了绘画创作的主体意识和自娱功能。因此，元代绘画不再追求形似逼真，也不再像此前那样重视绘画的政教功能，更加强调

（元）赵孟頫《洞庭东山图》（上海博物馆藏）

笔墨情趣和文学意味。文人画家作画，更加注重自娱，强调主观意识的表达，寄托自己的性情和思想，更加注重绘画精神内涵。所以元代画家绘画主要出于一种游戏笔墨、抒情适意的创作心理，如"元四家"，倪瓒自谓所画"逸笔草草，不求形似，聊以自娱"，吴镇以为"墨戏之作，盖士大夫词翰之余，适一时之兴趣"，王蒙"无心在玄化，泊然齐始终"，黄公望云"画不过意思而已"，都对绘画创作抱着自娱的态度，重在自娱而不在社会价值。

这种游戏笔墨、只求游心兴寄的创作心理，使元代文人画家打破了宋前画上不题诗的常规，他们既不像职业画工那样需要顾虑资助者的偏好而不敢画上题诗，又不像宋徽宗赵佶出于"天下一人"的那种心态，敢于突破常规而于画上题诗，只是出于一种抒怀寄兴的需要。因为"适一时之兴趣""聊以自娱"，又"逸笔草草，不求形似"，元代文人绘画的精神内涵及主体意识，还需要借助文字来"点醒"，让人赏画读诗，领会到画家的寄兴情怀。所以，在元代，画上题诗渐成风气，文人画家将诗歌文字直接题于画面，以增强绘画的叙事抒情性，一方面使绘画文学化，另一方面题诗也成为画面的一部分，在画面构图中越来越重要。至此，诗书画印一体化，也标志着文人画的成熟。

文人画的成熟是由"元四家"来完成的。虽然赵孟頫为画坛领袖，影响了整个元代画坛，但元画成熟的真正代表是"元四家"，他们的画反映了元画成熟后的典型面貌和所能达到的时代高度。"元四家"是典型的文人画家，四人都是具有深厚文学修养和书法造诣的文人，在山水画中，很自然地注入文学趣味及书法意韵，将诗书画融为一体。贡性之《题黄子久画》评价黄公望诗画："此老风流世所知，诗中有画画中诗。晴窗笑看淋漓墨，赢得人呼作大痴。"王蒙山水画构图繁密，但不少画作空白处仍题上诗歌，其传世诗歌也以题画诗为主。四家之中，以吴镇和倪瓒画上题诗最多，因两人绘画较抽象，画面留白较多，故以题写诗文填补，亦以揭示画旨，所以两人几乎每画必题。吴镇绘画以渔父、山水与墨竹最多，渔父图多题渔父词，墨竹却多题诗文，借文字与绘画表达其隐居生活的闲适散逸。倪瓒诗、书、画均为名家，综合而言，于四家之中又最为突出，诗书画综合一体，最得世人赞誉，如吴升评其《溪亭山色图》："纸质光洁，诗款长题短咏，参差书于画首，如花舞空中，鸿翩天外，岚峰秀峭神清，树石老苍气润。"这段文字描述就已足以令人想象其超众的艺术感染力。到了元中后期，画上题诗已成为常态，像王冕的梅花图及题画诗，也是相当的突出，而且元代画家诗书画一体的绘画艺术形式，为明清两朝画坛树立了一个艺术典范。

随着中国绘画的发展，文人画在明清画坛成为主流，"元四家"越来越得到明清画家的推崇和模仿。明代中后期，吴门画派沈周、文徵明、唐寅等人进一步发展完善画上题诗的艺术形式，后又有明代画坛领袖董其昌遵循元人图式将画上题诗程式化。在晚明，狂人徐渭在传统风格之外越来越突出个性特质，开辟出水墨恣意淋漓的新风貌。到了清代，绘画已展露出非常明显的程式化特征。这个时期，不少画学著作，对绘画技艺及范式进行总结，用以指导新手学习绘画，如《芥子园画谱》。这说明经过数百年的发展，绘画已程式化。画上题诗，也有明确的指导，宜忌一一说明。不过也有个性鲜明的画家，如"清初四僧"和扬州画派的画家，画上题诗被他们视为绘画的一个组成部分而苦心经营，但又不为成规所束缚，随性率意，妙趣横生，充分展现了个人特色。

清代各种文艺都获得极好的发展，却被视为中国古代文艺的"回光返照"，因为百般繁荣却未达到最高成就，而且走向衰落。绘画也是如此，文人画艺术形式的程式化，也意味着内容的衰减，题画诗沦落为寻章摘句式的肤浅拼凑，尤其是文人画末流，让诗书画印一体的文人画流弊渐起，最后在"五四"文化运动的冲击之下迅速衰败，直至现代，中国绘画进入了一个新的时代，出现了"新文人画"。

纵观中国诗画的融合，可知这是一个相互借鉴、影响、渗透和融合的过程。从其内容和形式上来看，其所表现出来形态，一是诗意画，二是题画诗，三是文人画。诗意画以诗为画，出现最早；题画诗因画题诗，传世作品最早见于北宋徽宗，到元代蔚为大观，也最终促成诗书画印一体的文人画的成熟。所以，下文将分别从诗意画、题画诗和文人画三个方面，探讨中国诗歌与绘画的融合。

二　诗意画：以诗为画

诗意画，是指摄取诗意为画意而创作的表现诗歌内涵和意趣的绘画。作诗与绘画皆为文人士大夫陶冶性情之事，其审美意境及情志意趣是可以相互交融和转化的。诗歌之清篇秀句，道尽人腹中之事，借其触动，采其诗意景物而图写，曲尽潇洒之思。由此，以无声的、有形的绘画图像将那种有声的、无形的诗歌意境转化和显现出来，使诗歌之"清篇秀句"转为绘画的"目前之景"。

（一）唐前：经史画和诗意画

以诗为画，最早见于东汉刘褒采《诗经》诗意，绘《云汉图》和《北风图》。《诗经》本为我国第一部诗歌总集，经过孔子等人兴观群怨、温柔敦厚的诗教阐释，在汉代与《书》《礼》《易》《春秋》被立为五经。汉代罢黜百家，独尊儒术，《诗经》也就成为儒家经典之一。汉代绘画注重政治教化，汉明帝雅好绘画，曾别立画官，诏班固、贾逵等博洽之士，选取经史故事，命尚方画工图画之。《诗经》作为五经之一，也成为画家喜爱的经史画题，文献记载最早的就是东汉刘褒的《云汉图》和《北风图》：“刘褒，汉桓帝时人，曾画《云汉图》，人见之觉热；又画《北风图》，人见之觉凉。官至蜀郡太守。”《云汉图》令人见之觉热，《北风图》即令人见之觉凉，说明这两幅画的艺术感染力极强。此外，根据宋代郑樵《图谱略·记有》所列画目，汉代诗经图还有郑玄的《诗图》和《小戎图》，但都早已亡佚。

在中国画史上，魏晋南北朝处于宗教化时期。因为战乱频繁，朝代更迭，礼教崩析，绘画不再为礼教所局囿，经史人物画因此逐渐衰落，而佛教传入中土，致使佛画风行，取而代之，成为画坛主流。时局的动荡，虽然文人士大夫会被卷入时世，命运不能自控，但同时也给予文人士大夫相对的自由。当时画坛，除了工匠外，也有不少文人士大夫介入画事，他们自身的学识素养，引导了绘画题材的文学化。《诗经》作为诗歌总集和儒家经典，无论是在汉代绘画题材重视经史故事，还是在魏晋南北朝绘画题材文学化的情况下，都成为最受喜爱的题材。据文献记载，东晋司马绍绘有《豳风七月图》《毛诗图》：“彦远曾见晋帝《毛诗图》，旧目云羊欣题字，验其迹，乃子敬也。《豳风七月图》，《毛诗图》二……”东晋画家卫协绘有《毛诗北风图》《诗黍稷图》，其中《毛诗北风图》，顾恺之《论画》评道：“《北风诗》，亦卫手。巧密于情思，名作……美丽之形，尺寸之制，阴阳之数，纤妙之迹，世所并贵。神仪在心，而手称其目者，玄赏则不待喻。”顾恺之《论画》还记有东晋戴逵的《临深履薄图》，绘

《诗经·小雅·小旻》诗意："战战兢兢，如临深渊，如履薄冰。"顾恺之评此画道："兢战之形，异佳有裁。"南朝宋，陆探微有《毛诗新台图》，刘斌有《诗黍离图》；南朝梁有三种诗经图，但作者不详："梁有毛诗图三卷，毛诗孔子经图十二卷，毛诗古圣贤图二卷，亡。"另据《南史》卷五十三，南朝梁豫章王萧琮曾在白团扇上图绘《伐檀》诗意，赠予尚书仆射徐勉，以"言其贿也"。

　　魏晋南北朝绘画题材文学化，出现了许多诗意画，并不仅止于诗经图，如司马绍《息徒兰圃图》（取材于嵇康《赠兄秀才入军十八首》其十四"息徒兰圃，秣马华山"），东晋戴逵《董威辇诗图》《嵇、阮十九首诗图》，东晋顾恺之《陈思王诗图》，晋代史道硕《嵇中散诗图》《轻车迅迈图》（取材于嵇康《赠兄秀才入军十八首》其十二"轻车迅迈，息彼长林"），南朝宋史艺《屈原渔父图》（取材于《楚辞》中的《渔父》），南朝宋顾景秀《陆机诗图》等。可以看出，当时画家对嵇康诗歌尤为偏爱，取其诗意为画最多，如《晋书》记顾恺之"每重嵇康四言诗，因为之图，恒云：'手挥五弦'易，'目送归鸿'难"。顾恺之在《论画》中又对史道硕《轻车迅迈图》评道："作啸人，似人啸，然荣悴不似中散。处置意事既佳，又林木雍容调畅，亦有天趣。"《北齐书·文苑传》的序言还记北齐后主高纬因画屏风，令兰陵萧放和晋陵王孝式录"近代轻艳诸诗以充图画"，即图绘内容风格轻艳的诗歌为屏风画。南朝梁陈之际，主要描写歌咏女性之美和宫廷生活的宫体诗盛行一时，北齐后主高纬此举，也说明了宫体诗在北朝的传播和影响。

中国诗歌与绘画的融合，画上题诗至宋代方出现，而诗意画在东汉已有记载，所以清代毛奇龄《西河集》卷六十《陈老莲诗跋》言："古有画诗，无题画诗"，可惜早期作品均已亡佚。唐代文学、绘画较以前都有极大的发展，拈诗意以为画意的记载也不少，但无作品留传至今。

（二）唐代：采诗意景物而图写之

作为"诗中有画，画中有诗"第一人，王维历来被视为诗画融合的代表。每一谈诗画，必举王维为例，从其诗体味画意，又从其画感悟诗情，后世很多诗意画就取材于王维诗歌，文献记载王维也以己诗为画。王维晚年隐居辋川，闲暇时与裴迪唱和，各赋绝句咏写辋川山水，集成《辋川集》，成为王维名作。唐代张彦远《历代名画记》卷十记王维在清源寺墙壁上图写辋川诗意："（王维）工画山水，体涉今古。人家所蓄多是右丞指挥工人布色，原野簇成，远树过于朴拙，复务细巧，翻更失真。清源寺壁上画辋川，笔力雄壮。"唐代朱景玄《唐朝名画录》也有记载："（王维）画山水松石踪似吴生而风致标格特出……复画辋川图，山谷郁郁盘盘，云水飞动，意出尘外，怪生笔端。"

王维另一首名作《送元二使安西》，后世乐手以之入乐创作《阳关三叠》，又有画家以之入画创作《阳关图》。但据宋代方岳

《深雪偶谈》所记，世传《阳关图》出自王维之手，诗画二妙：
"'渭城朝雨浥轻尘，客舍青青柳色新。劝君更进一杯酒，西出阳
关无故人。'此摩诘《送元二使安西》诗也。世传《阳关图》亦
出摩诘之手，遂成二妙。"

除了以己诗为画外，文献还记载王维也以他人之诗为画。杜
甫《涪江泛舟送韦班归京》诗有"花远重重树，云轻处处山"
句，李贽评为"此诗中画，可作画本"。清代杨伦《杜诗镜诠》
卷十《涪江泛舟送韦班归京》引宋荦评："'花远'二句，王摩
诘绘成图，杜诗已为当时所重如此。"杨伦还按语云："此图见董
元宰《画禅室跋语》。"但实际上，杜甫此诗作于宝应二年
（763）春流寓梓州时，此时王维已逝世，所以此事应是后人为了
抬高杜甫地位而伪造的。但之所以选择王维造伪，也是出于王维
在诗画史上的地位。

德州刺史王倚，家有一毛笔，笔管中间刻《从军行》诗意
画，极为精绝。宋代郭若虚《图画见闻志》卷五《卢氏宅》记：
"唐德州刺史王倚，家有笔一管，稍粗于常用，笔管两头各出半
寸已来，中间刻《从军行》一铺，人马毛发，亭台远水，无不精
绝。每一事刻《从军行》诗两句，若'庭前琪树已堪攀，塞外征
人殊未还'是也，似非人功，其画迹若粉描，向明方可辨之，云
用鼠牙雕刻。"《从军行》乃乐府曲名，《乐府解题》曰："从军
行，皆军旅辛苦之辞。"可知笔管中间刻的是一组边疆军旅的画
面，每一幅刻《从军行》两句诗意。因笔管只比常用的毛笔稍

粗，乃用鼠牙雕刻，故画迹近似粉描，需靠近光明才能看清楚，
但人马毛发，亭台远水，无不精绝。

晚唐诗人郑谷写有一首七绝《雪中偶题》，传诵一时："乱飘
僧舍茶烟湿，密洒歌楼酒力微。江上晚来堪画处，渔人披得一蓑
归。"画家段赞善擅长绘画，因采其诗意景物图写之，曲尽潇洒
之思，并持此画赠予郑谷。郑谷受画后，非常珍重，并作诗寄谢
段赞善："赞善贤相后，家藏名画多。留心于绘素，得事在烟波。
属兴同吟咏，成功更琢磨。爱予风雪句，幽绝写渔蓑。"

李益，为唐肃宗朝宰相李揆之族子，登进士第，有才思，长
于歌诗，时与李贺齐名，每作一篇，辄为教坊乐工以赂求取，被
于雅乐，供奉天子。又有《征人歌》《早行篇》，好事者尽图写为
屏障，如"回乐峰前沙似雪，受降城外月如霜"之句是也。可见
以诗为画，在唐代是很普遍的，名人名诗，最为画家所好。

白居易是唐代的大诗人，其诗重写实，尚通俗，浅显平白，
妇孺能解，又便于入乐歌唱，故流传极广。元稹称其诗"二十年
间，禁省观寺邮候墙壁无不书，王公妾妇牛童马走之口无不道；
至于缮写模勒，炫卖于市井，或持之以交酒茗者，处处皆是"。
连白居易也说："自长安抵江西三四千里，凡乡校佛寺逆旅行舟
之中，往往有题仆诗者，士庶僧徒孀妇处女之口，每有咏仆诗
者。"最有意思的是，当时一位街卒葛清，自颈以下，全身遍刺
白居易诗及诗意图，因此被称为"白舍人行诗图"："荆州街子葛
清，勇不肤挠，自颈已下，遍刺白居易舍人诗。成式尝与荆客陈

至呼观之，令其自解。背上亦能暗记。反手指其劄处，至'不是此花偏爱菊'，则有一人持杯临菊丛，又'黄夹缬林寒有叶'，则指一树，树上挂缬，缬窠锁胜绝细。凡刻三十余首，体无完肤，陈至呼为'白舍人行诗图'也。"

这是唐代段成式《酉阳杂俎》所记。当时刺青风气颇盛，有街肆恶少，左膊刺"生不怕京兆尹"，右膊刺"死不畏阎罗王"，又刺胸腹为山，亭院、池榭、草木、鸟兽，无不悉具。也有窃贼刺青一百六十处番印、盘鹊等，又于左右膊刺言：野鸭滩头宿，朝朝被鹘梢。忽惊飞入水，留命到今朝。还有因好斗而成为监狱常客的，满背刺毗沙门大王，因唐朝礼佛，官吏杖责惩罚时，见其背而不敢下手，致使此人成为坊市患害。像葛清这种刺诗意图的，还有蜀人韦少卿。韦少卿嗜好刺青，但自小不好读书，以至于粗浅解读诗意，将张燕公"挽镜寒鸦集"诗意直译成图：胸上刺一棵树，树杪上集鸦数十，其下悬一镜，以绳索系镜鼻，有人在树侧牵着。其小叔看图不解其意，问之，韦少卿反而笑问："叔不曾读张燕公诗否？'挽镜寒鸦集'耳。"

五代周文矩画有《重屏会棋图》，画南唐中主李璟与晋王李景遂、齐王李景达、江王李景逿四兄弟会棋的情景。画中头戴高帽，手执盘盒，居中观棋者为李璟，对弈者为李景达和李景逿，另一观棋者为李景遂。四人背后有一屏风，画的是白居易《偶眠》诗意画："放杯书案上，枕臂火炉前。老爱寻思事，慵多取次眠。妻教卸乌帽，婢与展青毡。便是屏风样，何劳画古贤？"

画诗人妻子卸乌帽，侍婢展青毡，冬日慵眠的惬意情景。屏风画中又绘一山水小画屏，故此画在"会棋"前冠以"重屏"二字。"重屏"创制，不但拓展了画面的视觉空间，也丰富了图像意象和意义，显示了画家匠心独运的艺术才智。

（五代）周文矩《重屏会棋图》（北京故宫博物院藏）

（三）宋代：诗中觅画意和以诗试士

到了宋代，依诗作画的文人雅事记载很多。北宋诗僧道潜（字参寥）作诗《临平道中》："风蒲猎猎弄轻柔，欲立蜻蜓不自由。五月临平山下路，藕花无数满汀洲。"诗中写临平道中初夏五月的秀丽风光，风吹蒲草猎猎，蜻蜓款款轻飞欲立而不得，而临平山下汀洲，早已盛开了满塘的藕花。诗句清新自然，意境恬静淡远，苏轼赴官杭州途中见此诗，大为赞赏，刻之于石，后与道潜相遇于西湖，一见如故。当时，宗妇曹夫人善丹青，依诗意作《临平藕花图》［今已亡佚，代以（宋）佚名《出水芙蓉图》］，时人争为影写。道潜后又有《观宗室曹夫人画》诗，其诗有三：

（宋）佚名《出水芙蓉图》（北京故宫博物院藏）

野水平林眇不穷，雪翻鸥鹭点晴空。洞房岂识江湖趣，意象冥将造化同。

华屋生知世胄荣，谁教天付与多能。西风白草牛羊晚，隐见横冈一两层。

临平山下藕花洲，旁引官河一带流。雨棹风帆有无处，笔端须与细冥搜。

诗后自注云："尝许作《临平藕花图》。"可知曹夫人曾许诺依诗作《临平藕花图》，后道潜观画又作诗，感叹曹夫人虽为深闺女子，未尝涉足江湖，但其冥搜的野水平林、晴空鸥鹭、雨棹风帆，无不妙合造化。经此咏诗刻石作画，临平道中此处汀洲，便因此得名藕花洲，引来后世无数文人的咏唱，在明清交替之际，诗人借以抒发感叹国家兴废之感，有"蜻蜓不管兴和废，犹掠残春觅怨红"和"十里湖心依旧在，野莲无主向谁红"之句。

相较于以前，宋代画家已有意识地从"清篇秀句"中寻觅画意，将诗境转化为画境。郭熙是北宋画院的大家之一，善画山水寒林，独步一时，宋神宗赞赏其画，"评在天下第一"。郭熙虽为职业画家，却教育儿子郭思以儒学起家，成为中奉大夫。郭思也善于论画，将其父论画之说，整理纂辑成《林泉高致》一书。《林泉高致》共六篇，其中"画意"一篇，谈及落笔作画，须养得胸中宽快，意思悦适，油然心生，至此则人之笑啼情状，物之尖斜偃仰，自然布列于心中，不觉见之于笔下。胸中画意，也可以通过古人诗句来酝酿和触发。古人言"诗是无形画，画是有形诗"，阅古今诗篇，其中佳句有道尽人腹中事，有描写目前之景，乃静居燕坐，明窗净几，一炷炉香，万虑消沉，看出佳句好意，想成幽情美趣，即画意可以得矣。至此，境界已熟，心手相应，即可纵横中度，左右逢源了。为此，郭思将郭熙所诵道的古人清篇秀句，有发于佳思而可画者，及其所旁搜广引而郭熙谓可用者，咸录于书中：

女几山头春雪消，路旁仙杏发柔条。心期欲去知何日，惆怅回车上野桥。（羊士谔《过三乡望女几山，早岁有卜筑之志》）

独访山家歇还涉，茅屋斜连隔松叶。主人闻语未开门，绕篱野菜飞黄蝶。（长孙佐辅《寻山家》）

书信未报几时还，知在三湘五岭间。独立衡门秋水阔，寒鸦飞去日沉山。（窦巩《寄南游兄弟》）

钓罢孤舟系苇梢，酒开新瓮鲊开包。自从江浙为渔父，二十余年手不叉。（无名氏《绝句》）

舍南舍北皆春水，但见群鸥日日来。（杜甫《客至》）

渡水寒驴双耳直，避风羸仆一肩高。（卢延让《句》）

行到水穷处，坐看云起时。（王维《终南别业》）

六月杖藜来石路，午阴多处听潺湲。（王安石《定林》）

数声离岸橹，几点别州山。（魏野《题普济院》）

远水兼天净，孤城隐雾深。（杜甫《野望》）

犬眠花影地，牛牧雨声坡。（李拱《春题村舍》）

密竹滴残雨，高峰留夕阳。（夏疾叔简）

天遥来雁小，江阔去帆孤。（姚合《句》）

雪意未成云着地，秋声不断雁连天。（钱惟演《奉使途中》）

春潮带雨晚来急，野渡无人舟自横。（韦应物《滁州西涧》）

相看临远水，独自上孤舟。（郑谷《别同志》）

　　落笔作画前，胸中需有画意，下笔作画时，方可心手相应。郭熙作画以唐宋诗歌佳句触发画意，《宣和画谱》记其名下有"诗意山水图二"，很可能即是通过这种方式创作的。正如古人所言"诗是无形画，画是有形诗"，诗画相通，彼此可相互渗透融合，取诗意为画意作诗意画，不失为一个好方法，而后世画家也多取径于此。

　　郭熙作为宋初画院画家，已自觉地从诗歌寻找画意、画题，及至北宋宣和画院，乃以古人诗句命题试士，一如进士科下题取士。古时画院画家，主要从民间画工招募，从寺观或宫殿的壁画工程中吸收优秀的画工入画院任职。到了徽宗朝，因赵佶嗜好绘画，建五岳观，大集天下名手，但应诏者虽数百人，却多不称职，于是创建"画学"，教育众工，即设立一专门机构加以培养画院画家。这样，民间画工进入画院，需要先经过考试，包括画艺和"经文"等文化科目。通过考试，方可进入"画学"，成为"画学生"，进行专门系统的培养，学习经文、书画等。画学生经过训练和考核，优胜劣汰，优胜者由此进入画院，并授以官职。

　　当时的考试，取古人诗句命题作画，让应试者用绘画形象地将诗句语意表现出来，亦即以诗意为画，但别出新解者方得画魁，仅将诗句表面意思表现出来，是不可能获得青睐的。诗意画发展到北宋，已不仅仅追求表现诗歌的意境，更要求构思巧妙，将诗句难可入画之意理表而出之。像北宋后期的画家李公麟，作为士人画家，《宣和画谱》云："大抵公麟以立意为先，布置缘饰为次，其成染精致，俗工或可学焉，至率略简易处则终不近也，盖深得杜甫作诗体制而移于画。"李公麟曾言："吾为画，如骚人赋诗，吟咏情性而已。"他作画"立意为先"，据诗作画，首先要理解诗人之心及其诗之意蕴，转换成画而抒情寄怀，故画《陶渊明归去来兮图》，重在写"登东皋以舒啸，临清流而赋诗"，写出"复得返自然"的诗人之心；画《阳关图》，不表离别惨恨的人之常情，而画块然独坐的钓者，哀乐不关己意来立意写心；写《茅屋为秋风所破歌》诗意图，不在破衾漏屋的惨况，而在于推己及人的博大胸襟；画《缚鸡行》诗意图，不在于鸡虫之得失，而重在"注目寒江倚山阁"，以此写出诗人超旷的胸怀。图写诗意要达到这种高度，不但要求高超的画艺，更要求具备深厚的文化修养，缺一而不可企及。

宣和画院以试句命题取士，应试画工要想脱颖而出，就必须体悟诗句炼意之处，别出巧思，而不是逐字图解诗意。所试之题如寇准《春日登楼怀归》的"野水无人渡，孤舟尽日横"，大多人画空舟系于岸侧，或画鹭鸶蜷缩憩息于船舷，或画乌鸦栖息于船篷，唯独夺魁者画一船夫卧于船尾，手握一笛横于身上，意态闲散，以此画面示意："非无舟人，止夫行人耳"，正与诗意相合。

再如"乱山藏古寺"，画魁乃绘满幅荒山，于乱山上露出一系幡的竹竿，以示古寺藏于乱山之中，而其他人却露出塔尖、鸱吻，往往能见到殿堂，"露"而不"藏"，故未能中选。"乱山藏古寺"，另一画法，则于山中画一汲水的和尚，以示古寺隐藏于乱山之中。

再如"竹锁桥边卖酒家"，宋徽宗以之试众画工，其他人主要在"酒家"上下功夫，刻意突出竹林桥边的酒家形象，而李唐却于桥头竹外挂一酒帘，画面上虽无酒家，但通过酒帘，令人无不联想到酒家遮掩于竹林，正确地表现出诗句的诗眼"锁"字的意境。

又如"踏花归来马蹄香"，令人想象出穿越花地的骏马，马蹄因踩踏过鲜花犹带花香，又或暮春时分，一路落花满地，骏马飞驰，因踩踏落花，马蹄也沾上了花香。诗中意境可以想象，但马蹄犹带香气如何表现出来呢？因为诗歌可以描写嗅觉，绘画却不能，这就给众画工出了一个难题。所以，众画工画马画花，唯独有一人画数只蝴蝶飞逐于马后，匠心独运地揭示出马蹄因踏花而带有香味。

又如"六月杖藜来石路，午阴多处听潺湲"，众画工皆画高木临溪，一客对水独坐，似听潺湲溪水。诗中意境，画中亦已传写。但当中一画工却画长林绝壑，乱石磴道，一人在林荫深处侧耳倾听，而水在山下，目未尝见，但"雅得'听潺湲'之意"，因此占优列。

从画院以诗试士的几则例子来看，以诗为画，要想占优夺魁，不能仅仅绘写诗句表面意思，更要能体悟诗意诗境，感悟到诗人锤字炼句之处，如"野水无人渡，孤舟尽日横"，要画出舟子闲等行人的诗意，"乱山藏古寺"重点要突出"藏"，"竹锁桥边卖酒家"要表现出"锁"的意境，"踏花归来马蹄香"要妙传"香气"，"六月杖藜来石路，午阴多处听潺湲"则要以含蓄婉转取胜，绘写诗意，若过于直露、表面，是不可能脱颖而出的。

再如"蝴蝶梦中家万里"，南宋邓椿《画继》记："战德淳，本画院人，因试'蝴蝶梦中家万里'题，画苏武牧羊，假寐以见万里意，遂魁。"从原诗题来看，可知是梦思万里之外的家乡，但诗中并没有提供更多的人物故事等信息，那么如何表现方能脱颖而出呢？画院画家战德淳很巧妙地运用苏武北海牧羊的典故，画苏武牧羊假寐，以想见其因思乡而梦入万里之外的家中，因而得中魁选。南宋洪迈《夷坚志》也记画院以此诗试士，但与邓椿《画继》所记相差甚多：

成都郫县人王道亨，七岁知丹青，用笔命意，已有过人处。政和中，肇置画学，用太学法补试四方画工。道亨首入试，试唐人诗两句为题，曰："蝴蝶梦中家万里，杜鹃枝上月三更。"余人大率浅下，独道亨作苏属国牧羊北海上，被毡杖节而卧，双蝶飞舞其上，沙漠风雪，羁栖愁苦之容，种种相称。别画林木扶疏，上有子规，月正当午，木影在地，亭榭楼观，皆隐隐可辨。曲尽一联之景，遂中魁选。明日进呈，徽宗奇之，擢为画学录。

在《夷坚志》里，所试唐人诗句变成两句："蝴蝶梦中家万里，杜鹃枝上月三更"，而夺魁者由战德淳变为王道亨。"蝴蝶梦中家万里"，画苏武在沙漠风雪中牧羊于北海，披毡杖节而卧，面有羁栖愁苦之色，而双蝶飞舞其上；"杜鹃枝上月三更"句，又另画林木扶疏，枝上停有杜鹃，时月正当午，木影倒映在地，亭榭楼观于月光中皆隐约可辨。相较而言，《夷坚志》所记，似不及《画继》。"蝴蝶梦中家万里"，画面内容相差不大，但《夷坚志》却记"双蝶飞舞其上"，反而露出痕迹，显得多余。"蝴蝶梦中"典出庄周梦蝶，梦中"万里"亦可"咫尺"，"假寐"就足以表达出这层意思，无须再画蝴蝶加以说明。至于"杜鹃枝上月三更"，虽可正确描绘诗中意境，但并无甚高明之处。由此可见，诗意画对构思巧妙的追求，很考校应试者的才思学识。

这种追求因贵在别构巧思，甚至可以不拘本意，断章取义，虽与原诗风马牛不相及，亦不足以为病。如唐人诗句"嫩绿枝头红一点，动人春色不须多"，众画工只在花卉上妆点春色，而夺魁者画高楼隐映于绿杨深处，有一美人凭栏而立。动人春色不需多，一美人已见春色之动人。此画因善体诗人之意，令众画工叹服。与之类似的还有"万绿丛中一点红"，但更翻新出奇。宋代胡继宗《书言故事》记："王荆公《石榴》诗：'万绿丛中红一点，动人春色不须多。'"而《全唐诗》卷七百九十六收有无名氏诗："浓绿万枝红一点，动人春色不须多"，下有注云："王安石在翰苑见榴花止开一朵，有诗。陈正敏谓此乃唐人诗，非安石所作。见《泊宅编》。"由此推测王安石《石榴》诗应袭自唐代无名氏诗，只是在流传中渐渐变为"嫩绿枝头红一点""万绿丛中一点红"。按说两者同源，诗意相差不远，在关于宣和画院以诗试士的文献记录中，前者以美人代春色而夺魁，后者却又推陈出新。有的画工画杨柳台上一美人，也有的画工画桑园一采桑女，还有的画工画万松绿涛中一只丹顶鹤，皆不得徽宗青睐，唯独刘松年画万顷海波中，一轮红日升起，令徽宗见之大喜，因其规模阔大，立意超绝，故刘松年得中魁选。

（宋）马和之《小雅·鹿鸣之什图》之"鹿鸣"诗意图（北京故宫博物院藏）

　　北宋宣和画院以诗试士，影响深远，而南宋画院在朝廷主持下的《毛诗图》的大型创作，也影响巨大。靖康之后，宋室南渡，定都临安。为中兴朝纲，宋高宗赵构力倡儒学，建明堂、立大庙、拜孔子，以诗赋经义试士，并利用画院辅助政教，如李唐的《采薇图》，意在箴规南渡降臣，《晋文公复国图》乃将自身与晋文公相比，再如萧照的《兴武渡河图》和《中兴瑞应图》，喻指宋室南渡和南宋中兴。在这样的背景下，宋高宗敕命画院画家绘制《诗经》图卷，自书毛诗序及《诗经》，留白给马和之补图，左图右书，图文并举，以此实现儒家经典《诗经》的政教功能。《诗经》共 305 首诗，一首诗一幅诗意画，规模宏大，马和之"事未竣而卒"，但流传到今天的《毛诗图》，几经朝代更替，数量仍然可观。马和之《毛诗图》的传世作品，徐邦达《传宋高宗赵构孝宗赵昚（慎）书马和之画〈毛诗〉卷考辨》及《赵构书马和之画〈毛诗〉新考》两文①记其所见（包括照片和影印本）共有 16 种 22 卷 288 篇（包括重复者）；美国学者孟久丽（Julia K. Murray）曾到世界各地博物馆、美术馆探访马和之《毛诗图》，将其所见及画册著录，分列图目，共计有 14 种 178 幅（包括重复

　　① 　徐邦达：《传宋高宗赵构孝宗赵昚（慎）书马和之画〈毛诗〉卷考辨》，《故宫博物院院刊》1985 年第 3 期；《赵构书马和之画〈毛诗〉新考》，《故宫博物院院刊》1995 年第 S1 期。

者)①。马和之《毛诗图》是现存最早的诗经图，虽然后世据《诗经》作画历代不绝，但难出其右，而且也多临仿于它。

南宋末年赵葵的《杜甫诗意图》也是一幅传世名作，现藏于上海博物馆，取题于杜甫《陪诸贵公子丈八沟携妓纳凉晚际遇雨二首》诗中的"竹深留客处，荷净纳凉时"。画卷中丛篁茂密幽深，连绵万顷，时有浅溪渚汀，而小道迂回其间，有两人策驴缓行，竹林深处，临流水阁中，有客纳凉赏荷，意境深远恬静。

（宋）赵葵《杜甫诗意图》（局部）（上海博物馆藏）

（四）元明清：讽咏之不足，则译之为画

元朝政权虽短，但元代画家也创作了很多诗意画。朱叔重兼工诗画，每赋一诗，得摹写之妙，辄停笔而绘写成图，还曾言："王维水田白鹭、夏木黄鹂之诗，即画也；李思训数月，吴道玄

---

①　JULIA K MURRAY. Ma Hezhi and the illustration of The Book of Odes. Cambridge：Cambridge University Press，1993：pp. 179-202.

一日，工夫学力所到者，画即诗也。"可见诗画创作有相通之处。

元代有不少诗意画传世，现藏于台北故宫博物院的陈惟允《孟郊诗意图》，图意出自孟郊《游子吟》："慈母手中线，游子身上衣。临行密密缝，意恐迟迟归。谁将寸草心，报答三春晖。"画中以杨柳居中分割画面，左边室内男子恭谨侍立，等待母亲将衣服缝好，而门外僮仆正在备车，准备出发远行。

（元）陈惟允《孟郊诗意图》（台北故宫博物院藏）

宋元易代，蒙元政权的民族压迫和歧视政策给汉族士人带来极大的冲击，士人进仕无门，华夷有别的观念又使他们对异族统治产生抵触情绪，逐渐滋生逃世的心理，隐居于市井山林。所以，有元一代，隐逸主题是文学艺术的主旋律。"渊明文名，至宋而极"，到了元代，陶渊明作为隐士的代表，其人物形象及诗文成为绘画的表现对象，如何澄《陶潜归庄图》、钱选《归去来兮辞图》、赵孟頫《渊明归去来兮辞图》均是取材于陶渊明《归去来兮辞》，绘写陶渊明辞官归家的场景。现藏于吉林省博物馆的何澄《陶潜归庄图》是一幅人物故事画长卷，在全景式的构图中，逐段描绘陶渊明辞官归故里的主要情节，如乘舟归来、稚子候门、亲戚情话、东皋舒啸、植杖耘耔等。钱选《归去来兮辞图》，现藏于美国大都会博物馆，以青山绿水的风格来图写陶渊明乘舟归来，稚子候门的情节，可以想象诗人即将开始的复返自然的田园生活。门口植有五株柳树，正是诗人自号"五柳先生"的由来，虽然《归去来兮辞》中并没有记叙这一点。拖尾有钱选自题五言诗一首："衡门植五柳，东篱采丛菊。长啸有余清，无奈酒不足。当世宜沉酣，作邑召侮辱。乘兴赋归欤，千载一辞独。"《渊明归去来兮辞图》，现藏台北故宫博物院，本无款印，旧传为赵孟頫之作。该画绘陶渊明持杖归来，头戴葛巾，衣带飘然，两仆随行其后，一人囊琴携书，一人背负酒坛。画中同样有五株柳树，苍然古劲。这三幅《归去来兮辞》诗意画，表现了陶渊明回归田园的愉悦心情和生活乐趣，反映了诗人寄情田园的隐逸之情，也体现了元代文人画家归隐田园的理想和心态。

（元）何澄《陶潜归庄图》（吉林省博物馆藏）

（元）钱选《归去来兮辞图》（美国大都会博物馆藏）

（元）赵孟頫《渊明归去来兮辞图》（台北故宫博物院藏）

明清两代，无论是文献记载还是传世画作，都有大量的诗意画，至此诗意画已成为潮流。诗意画的理论，在明清画家那里也有所发展。清代孔衍栻和近人丰子恺都谈及绘画从古人诗歌佳句取材。孔衍栻《石村画诀》言："余作画每取古人佳句，借其触动，易于落想，然后层层画去。"丰子恺《画中有诗》自序亦道："诗言情，人情千古不变，故好诗千古常新，此即所谓不朽之作也。余每遇不朽之句，讽咏之不足，则译之为画。"孔衍栻作画先取读古人诗句，借其触动，构思布局，再层层画去，而丰子恺称每遇不朽之句，若讽咏还不足以抒发情感，则将诗"译"而为画。说法虽有不同，但这种以诗为画的创作心理机制，其实是一致的。

古人绘画，往往会先立画题，构思画境，令胸有画意，然后再落笔作画。何为"画题"？传为王维所著的《山水论》言："凡画山水，须按四时。或曰烟笼雾锁，或曰楚岫云归，或曰秋天晓霁，或曰古冢断碑，或曰洞庭春色，或曰路荒人迷。如此之类，谓之画题。"古人很重视画题，认为无题则不成画，如郭熙称："作画先命题为上品，胸次宽阔自然合古人意趣，无题便不成画。"元代黄公望亦言："或画山水一幅，先立题目，然后着笔。若无题目，便不成画。"若无题有画，未免"强题"而意趣索然："前人有题后画，当未画而意先；今有画无题，即强题而索意。"（清代笪重光《画筌》）

虽然如此，但也有人并不赞同作画先立画题，如宋代赵希鹄就指出，宋迪的《潇湘八景图》开始是没有命名的，"洞庭秋月"等八景图名乃人所取，"今人先命名，非士夫也"。明代沈颢直接批评郭熙所言的"无题便不成画"近于胶柱，正如徐声远论作诗："晏坐绝诗，诗将自至。麾之不去，得句成篇。题与无题，于诗何有？"故良工绘画，一任"自然"："有布置而实无布置，无布置而实有布置，象之所有不必意，意之所有不必象"，不必拘于命题先后，而是边创作边跟着画思落笔。沈颢对绘画命题的看法，相对通脱得多，不过作画先命题，仍为画家所重。明代唐志契《绘事微言》认为古画莫不先有题后有画，虽然画可不必用题，潇洒不拘，但无论是宋代宣和画院，还是当朝画院，无不重题目。唐志契接着又言"诚以有题，则下笔想头及有着落，反饶趣味。若使无题，则或意境两歧，而四时朝暮，风雨晦暝，直任笔所之耳。"有题作画，构思一一跃然纸上，富饶趣味，而无题作画，直任笔之所至，那就有可能出现不合常理的地方。

　　既然作画先立题如此重要，那么如何命题呢？唐志契一如郭熙从古人清篇秀句的诗意中命题立意："前人云：'诗是无形画，画是有形诗。'如唐人佳什，有道尽意中之事，写出目前之景，清新俊逸，读之恍神游其间，而吾一一描画出之，一一生动，讵不妙哉！此非工夫已到，心手相应，纵横中度，左右逢源，岂能率意草草便得。"所以在《绘事微言》中，唐志契从唐宋旧人集中，或联或句，只要稍有画意，即摘录出来，分为"春景""夏景""秋景""冬景""杂景"，以供画家采择：

春景：

潮头望入桃花去，一片春帆带雨来。

买鱼急唤临江艇，炊黍深开映竹扉。

路缘风磴泠泠策，寺隔烟萝杳杳钟。

青山渺渺波漾漾，白鸟飞过时一双。

斜桥曲径带流水，白石疏篱绿荫浓。

水阁虚明占胜概，野情萧散正沧州。

雪消池馆春初后，人倚栏干欲暮时。

落花寂寂啼山鸟，杨柳青青渡水人。

背城野色云边尽，隔屋春声树外深。

溪渡夜随明月人，亭皋春伴白云飞。

马蹄翠开垂柳寺，人耕红破落花溪。

立鹤低昂烟雨里，行人出没树林间。

春水断桥人唤渡，柳荫撑出小舟来。

杏花野店过春雨，杨柳江船渡夕阳。

兴过山寺云光到，笑引江帆带月行。

东南地缺天连水，春夏风高浪卷山。

蜀栈暖云生野树，匡庐晴照落江波。

半屋图书春落蠹，一村花柳昼鸣鸡。

流水入村花杳杳，幽人对酒屋翛翛。

三间茅屋无人到，十里松门独自游。

千株松树参天起，一个茅屋傍水安。

野水多于地，春山半是云。

野水平桥路，春沙映竹村。

柳迷春水寺，山带夕阳楼。

柳塘春水漫，花坞夕阳迟。

断桥荒藓合，空院落花深。

野寺垂柳里，春畦乱水间。

草阁平春水，柴门掩夕阳。

春水野头绿，晓山螺髻青。

刹出辨远岑，帆迴识修渚。

春水渡边渡，夕阳山外山。

夏景：

吴苑疏钟沉晚树，楚江归棹逐寒潮。

幽人相对无尘俗，水阁云深落暮钟。

漠漠水田飞白鹭，阴阴夏木啭黄鹂。

六月杖藜来石路，绿阴深处听潺湲。

山槛正当莲叶渚，水滕新擘稻秧畦。

马渡急流行小崦，柳丝如织映人家。

亭亭两个苍松树，万壑千峰阅古今。

横云层外千重树，流水声中三两家。

蹑谷欹危过曲涧，扳崖迢递弄悬泉。

风前古洞琴三迭，云后群峰玉一围。

出云高树明残日，过雨苍苔泫细泉。

野色更无山隔断，天光宜与水相通。

数株古树云连屋，一个横桥水满湖。

船头且自横琴坐，静听鸣泉不用弹。

舍下烟萝通古寺，湖中云雨到前轩。

水隔淡烟疏竹寺，路经微雨落花村。

桥对寺门松径小，槛当泉眼石波明。

抱琴看鹤云，倚石待云来。

桥低疑碍艇，树密不遮亭。

野水连村暗，云山隔岸青。

风暖鸟巢木，日高人灌花。

抱琴来取醉，垂钓坐乘凉。

涧水空山道，柴门老树村。

过雨着松色，随山到水源。

岩亭交树杂，石濑泻泉鸣。

钟鸣樵谷暗，船放市桥空。

古窦泉穿石，枯松叶换藤。

古路随风起，秋帆转浦斜。

千岩泉洒落，万壑树蒙回。

倚树看山色，濯足听溪流。

水抱孤村远，山迥一径斜。

秋景：

茶香吹过前村晚，菜叶流来别涧秋。

疏柳一旗江上酒，乱山孤棹道中诗。

门开红叶林间寺，泉浸青山石上池。

四面荒山高阁外，两株疏柳旧庄前。

夕阳远树烟生戍，秋雨残荷水绕城。

渔村寂寂孤烟近，官路潇潇众叶稀。

秋清人稀叶满寺，屐齿无声石厚苔。

落木萧萧疏雨霁，泉声飞出万重山。

鸦翻枫叶夕阳动，鹭立芦花秋水明。

门前堕叶浮秋水，篱外寒皋带夕阳。

野寺山边斜有径，渔家竹里半开门。

林间煮茗烧红叶，石上题诗扫绿苔。

独立衡门秋水涧，寒鸦飞尽日沉山。

柴门流水依然在，一路寒山万木中。

返照入江翻石壁，归云拥树失山村。

一川红树迎霜老，数曲清溪绕寺深。

数间茅屋闲临水，一片秋山映读书。

停车坐爱枫林晚，霜叶红于二月花。

古道西风瘦马，小桥流水人家。

野竹通溪冷，秋泉入户鸣。

水寒深见石，松晚静闻风。

晴山疏雨后，秋树断云中。

荒城临古渡，落日满秋山。

远声霜后树，秋色水边村。

来雁青霜后，孤帆远树中。

秋塘惟落叶，野寺不逢人。

亭皋木叶下，陇首秋云飞。

数点石泉雨，一溪霜叶风。

人归冈舍迥，雁过渚田遥。

疏苇秋前渚，斜阳雨后山。

江从树里断，山入雨中无。

山岚分竹翠，江雨入林昏。

云笼山骨瘦，风引水声长。

景霁云回合，秋生树动摇。

暝鹤栖金刹，秋僧过石桥。

一榻坐临水，片心闲对云。

丹枫暎郭迥，绿屿背江深。

野旷天低树，江清月近人。

雨歇残虹断，云归一雁征。

秋来多山雨，落叶扫无人。

江村片雨外，野树夕阳边。

天清一雁远，海阔孤帆迟。

冬景：

家近水村鱼易买，雪迷山路酒难沽。

隔水丛梅疑是雪，近人孤嶂欲生云。

雪意未成云着地，秋声不断雁连天。

玉腰蝶虹垂天阔，银色楼台夹岸迷。

怪来诗思侵入骨，门对寒流雪满山。

万壑水澄知月白，千林霜重见松高。

鸥立断水流渐远，鸦随残焰去还明。

雪迷寒树短，雪压夜城低。

江花凌霰发，山溜入池清。

远屿迎樯出，寒林带岸回。

溪冷泉声苦，山空木叶干。

寒禽栖古柳，破月入微云。

马渡冰河阔，鸥盘喷日高。

塞鸿连暮雪，江柳动寒条。

夜扣竹林寺，山行雪满衣。

离碛雁冲雪，渡河人上冰。

遥寻晚林磬，暂住寒塘舟。

扫云松下去，扪萝石道行。

竹间窥远鹤，岩上听寒泉。

残雪满林路，深山归寺僧。

鸟啼山堕雪，僧定石沉云。

繁霜衣上积，残月马前低。

山雪骑骡出，江风卷钓归。

雪深山路窄，风紧雁行斜。

石床理积雪，山路倒枯松。

石路九回雪，竹房犹闭关。

残月楚山晓，孤烟江庙春。

海岸畔残雪，溪沙钓夕阳。

野屋流寒水，山篱带薄云。

杂景：

海岸千艘浮若芥，邦人万室布如碁。

奇石依林立，清泉绕舍弯。

白云知隐处，芳草迷行踪。

树点千家小，山回万岭低。

林断城隍出，江分岛屿回。

霜多秦水迥，云尽汉水孤。

空潭闻鹿饮，疏树见僧行。

野水无人渡，孤舟尽日横。

沙岸江村远，松门山寺深。

地形吞蜀尽，江势抱峦回。

古树老连石，急泉清露沙。

河水坚渡马，塞雪密藏雕。

好山行恐尽，流水语相随。

乔木千龄秀，悬泉百丈余。

野人时独往，云木晓相参。

行到水穷处，坐看云起时。

小桥横落日，幽径转层峦。

相看临远水，独自坐孤舟。

数声离岸橹，几点别州山。

唐志契将唐宋诗句分为春夏秋冬四时及杂景，是避免取古人佳句命题时出现不合常理的错谬，分清四时朝暮、风雨晦暝。这点也承自郭熙《林泉高致》："作画先命题为上品，胸次宽阔自然合古人意趣，无题便不成画，更要紧记春夏秋冬，各有初终晓暮，物色便当分解，况其间各有趣哉。"清代石涛摄取诗意为画时，也注意到画中景物要随诗句中的时令而变，有些诗句描写景物虽然没有明确的季节性，但依诗作画，也要明确季节，如此方可景随于四时：

凡写四时之景，风味不同，阴晴各异，审时度候为之。古人寄景于诗，其春曰："每同沙草发，长共水云连。"其夏曰："树下地常荫，水边风最凉。"其秋曰："寒城一以眺，平楚正苍然。"其冬曰："路涉笔先到，池寒墨更圆。"亦有冬不正令者，其诗曰："雪悭天欠冷，年近日添长。"虽值冬，似无寒意，亦有诗曰："残年日易晓，夹雪雨天晴。"以二诗论画，欠冷、添长、易晓、夹雪，摹之。不独于冬，推于三时，各随其令。亦有半晴半阴者，如"片云明日暗，斜日雨边晴。"亦有似晴似阴者，"未须愁日暮，天际是轻阴。"予拈诗意以为画意，未有景不随时者。满目云山，随时而变。以此哦之，可知画即诗中意，诗非画里禅乎？

古代绘画命题立意，可取之于诗，也可以师法古人，又或师法自然而胸有丘壑。以诗入画，诗歌为绘画提供题材，可使画家不用远足、体悟自然即可命题作画。偷懒者若不肯深入自然，师法造化，未免令画流于疏率浮滑。诗画均有江山之助，若局促于门内，踪迹不出百里之外，天下名山未经寓目，何以开拓胸襟？昔时皇室画家赵令穰，颇得丹青之妙，然终因身为大宋宗室而不得远游，故"所写特于京城外坡坂汀渚之景耳"，若能周览江浙荆湘、崇山峻岭、江湖溪涧之胜丽，以之为笔端之助，那么赵令穰亦"不减晋宋流辈"。由此可知江山之助的重要，若融合诗意与造化两者之妙，则为至佳。明代孙鑛《跋陆叔平头画王世贞游洞庭诗十六帧》就盛赞陆治《画王世贞游洞庭诗十六帧》得两者之妙：

"诗中有画，画中有诗"，昔人于摩诘有是评矣。然诗中有画非善画者莫能拈出，而画中诗亦非工诗者莫能点破，二者互为宅第。画无所不可诗，而诗容有不可画，则是两语者，又若专为画论也。第不知叔平此图是为太湖传神，是为弇州诗写意？若无诗者遂不画，则亦止是诗中画也。吾意叔平家此湖山中，当以生平意所赏，写为数十图，令司寇逐一诗之，斯尽洞庭之胜耳。

陆治是文徵明的得意门生，也是明代重要的文人画家，因为居住在太湖包山，号包山子，画史上或称陆包山。陆治画王世贞游洞庭诗意画，因居住在太湖包山，熟知太湖的湖光山色，描绘诗中洞庭湖景时，又融入了太湖景色的神韵，故此画既为太湖传神，又为弇州诗写意，兼得诗意与造化两者之妙，也图尽洞庭湖之胜景。

诗意画发展到近代，画家刘海粟《画家和文盲》又提出一个很有意思的论题："画家选择的诗句，所擅长表现的诗意，是和画家的个人品格以及他的艺术风格分不开的。有的画家喜欢摘用诗词里的警句，较多的是用泼墨写意画来表现；有的喜欢选择一些恬静、清淡的句子，较多的是用淡墨山水、工笔花鸟来表现；有的喜欢选择热闹的句子，较多的是用重彩工细的画来表现。"颇值得以此去观照历代诗意画，当今画家为图绘诗意而选择诗句时，也可作为参详。

从历代诗画的转化，我们可以看到绘画图写诗意，一般只绘写一句或一联的诗意。这是因为诗歌与绘画虽然有相通相融之处，但毕竟属于两种不同的艺术门类，其表现能力和表现领域各异，绘画作为空间艺术去图写诗歌这一时间艺术，是有所限制的，所以画家图写诗意，一般只取一句或一联，如此这般，诗中景物在时空上一致，绘画才能更好地构思布局，如果取全诗诗意为画，时空不一定相连，画家势必难以运思措手。以诗句确立画题，胸中画意已成，然后落笔作画。不过，因为画境与诗境不同，诗句中与意旨无关的意象可一二字点过，但如果在诗中具名的物象，在画图中必须"逐物措置"，以此构建画境。所以诗歌不能状写的物象，在画中亦可见到："画境异乎诗境，诗题中不关主意者，一二字点过，画图中具名者必逐物措置。惟诗中有不能状之类，则画能见之。"（方薰《山静居画论》）

不过，由诗到画，也并非一定要将诗中意象一一措置于画。明代李流芳曾应他人要求，取唐人闲适小诗画诗意小景，心有所感道："夫诗中意有可画者，有必不可画者。'赋诗必此诗，定知非诗人。'画必此诗，岂复有画耶？余画会之诗总不似，然亦何必其似？似诗亦不似画矣，岂画之罪欤？"诗中境象有可画者，也有必不可画者，像"赋诗必此诗，定知非诗人"一样，只注重表面形象，停留在字面意思，也必定不是一位真正高明的诗人，若诗意画必须与诗一一对应，那画也不复为画了，只不过是诗的图解而已，所以虽然"画会之诗总不似"，但又何必一定要追求"似"呢？正如宗白华在《美学散步》所言，王维诗中前两句"蓝溪白石出，玉山红叶稀"，"可以画出来成为一幅清奇冷艳的画"，而后两句"山路元无雨，空翠湿人衣"，"却是不能在画面上直接画出来的，假使刻舟求剑似的画出一个人穿了一件湿衣

（明）周臣《柴门送客图》（南京博物院藏）

服，即使不难看，也不能把这种意味和感觉像这两句诗那样完全传达出来"，"而那不能直接画出的后两句恰恰正是'诗中之诗'，正是构成这首诗而不是画的精要部分"。毕竟诗画属于不同的艺术门类，各有其艺术特点，诗之所以为诗的"精要部分"并不一定适合用画去表现，而可以依诗作画的也不一定是诗歌的"精要部分"。所以，李流芳此番言论，可谓高见。

明清诗意画主要取材于《诗经》及唐宋诗歌，诗人中陶渊明、王维、杜甫、白居易、李白、杜牧、刘长卿、苏轼、林逋等最受画家喜爱。明清诗意画文献著录和传世画作极多，诸如《琵琶行图》《香山醉吟图》《饮中八仙图》《蓝水玉山图》《松下丈人

图》《坐爱枫林图》《春夜宴桃李图》《剑阁图》《风雪归人图》
《柴门送客图》《寒江独钓图》《江上数峰图》《辋川图》《山雨欲
来图》等。

　　诗为心声，画为心
印。画家对诗句的选择，
有的是出于情怀的抒发。
石涛是明代皇族后裔，年
幼时遭变后出家为僧，后
蓄发还俗，是时已是物阜
民丰的康乾盛世，遂有志
于青云，希望在政治上有
所作为，乃北上京城，结
交权贵，然而政治抱负终
未得实现，又回到江南。
现藏于北京故宫博物院的

（清）石涛《陶渊明诗意图册》之二
（北京故宫博物院藏）

《陶渊明诗意图》册页，
即作于南归之时。陶渊明作为"古今隐逸诗人之宗"，其诗歌反
映了内心仕隐选择的矛盾和归隐田园后的淳朴恬静。陶渊明田园
诗中的这种避世自然、淡于荣禄的人生哲学，无疑正契合北上南
归之后石涛的心理状态，他对陶渊明别有会心之处，故选择陶渊
明诗歌作画，以此表达自己的归隐思想。《陶渊明诗意图》册页
共十二开，图写陶渊明诗意，各开均有石涛本人所书的陶渊明诗

句："狗吠深巷中，鸡鸣桑树巅"，"悠然见南山"，"若复不快饮，空负头上巾。但恨多谬误，君当恕醉人"，"一士长独醉，一夫终年醒。醒醉还相笑，发言各不领"，"带月荷锄归"，"遥遥望白云，怀古一何深"，"平生不止酒，止酒情无喜"，"饥来驱我去，不知竟何之"，"虽有五男儿，总不好纸笔"，"连林人不觉，独树众乃奇"，"东方有一士，被服常不完"，"清晨闻叩门，倒裳往自开。问子为谁欤，田父有好怀"。《陶渊明诗意图》，纸本设色，笔墨粗率而妙趣横生，画中丛林小山、水村茅舍、孤松岸柳，而画中人物却渺渺几笔，甚至省略掉面部五官，但形象生动传神，整幅画面更注重氛围意境的营造，突出陶诗的悠然境界，充满了平和安详的田园趣味。

优秀的诗篇，可触动世人的内心，也可令众多画家取之为题作画。不同的画家选择同一诗句绘写诗意画，其谋篇布局、画题立意往往两相差异。这种比较很有意思，杜甫的诗歌极受画家喜爱，被纷纷取之为画题，出现了不少取材相同的诗意画，仇春霞《四幅杜甫诗意画的文本外解读》一文①，曾比较分析了赵左、傅山和陆俨少的四幅诗意画，指出诗意画的传神，不仅仅与画家的表现力有关，也与画家对诗歌的会意及取舍有关。杜甫《严公仲夏枉驾草堂，兼携酒馔，得寒字》："竹里行厨洗玉盘，花边立马簇金鞍。非关使者征求急，自识将军礼数宽。百年地僻柴门迥，

----

① 仇春霞：《四幅杜甫诗意画的文本外解读》，《美术大观》2007 年第 1 期。

（明）赵左《寒江草阁图》
（台北故宫博物院藏）

（明）傅山《江深草阁图》
（北京故宫博物院藏）

五月江深草阁寒。看弄渔舟移白日，老农何有罄交欢。"诗中的
"百年地僻柴门迥，五月江深草阁寒"句，明清画家唐寅、吴彬、

张学曾、赵左、傅山及当代画家陆俨少（1909—1993）都曾据此句绘写过诗意画，选取其中赵左、傅山和陆俨少三人四幅诗意画比较，可发现：赵左《寒江草阁图》，画远山云绕，中景江水淼茫，空漾一片，依稀可见一座石拱桥横跨两岸，深山僻处一柴门掩映杂树之中，柴门上远看去，可见一临水草阁，中有一人正俯瞰江中。总的来说，赵左此画重在营造"深""寒"，而不着意于诗句情境的表现。傅山《江深草阁图》在崇山峻岭的山缝中构建临江草阁，唯有一座木架桥沿靠着陡峭的山脚延伸出去，接通外界，画境刚直寂寥，与杜诗最

陆俨少《五月江深诗意图》（北京传是国际 2006 年春季拍卖会）

为相符，这是因为他与杜甫的情感体验最为接近。杜甫因安禄山之乱避难入蜀，生活困顿，多靠友朋接济度日，而傅山身遭国变，成为明遗民，见复明无望，隐居土堂，亦是生活寒苦，对杜诗深有感触，其诗亦多与杜甫有关，甚至化用杜诗诗意，以陈其情，故《江深草阁图》最贴近杜诗情意。陆俨少极爱杜诗，其画

亦饱受杜诗浸润，曾据"百年地僻柴门迥，五月江深草阁寒"画过多幅诗意画，虽然陆俨少饱受战乱之苦，但其杜甫诗意图江水茫茫，柴门掩映松石之中，而临江草阁中，画士人或临江远眺，或读书品茗，虽或有"忧郁"的诗意，却更突出人物的安闲自在。这是因为陆俨少虽经受战乱，然而"比之大学教授之生活，有过之而无不及"，也就缺乏杜甫那种悲国悯民的博大胸怀。所以陆俨少虽钟情杜诗，但只是以画家的眼光选择杜甫诗中的景物。

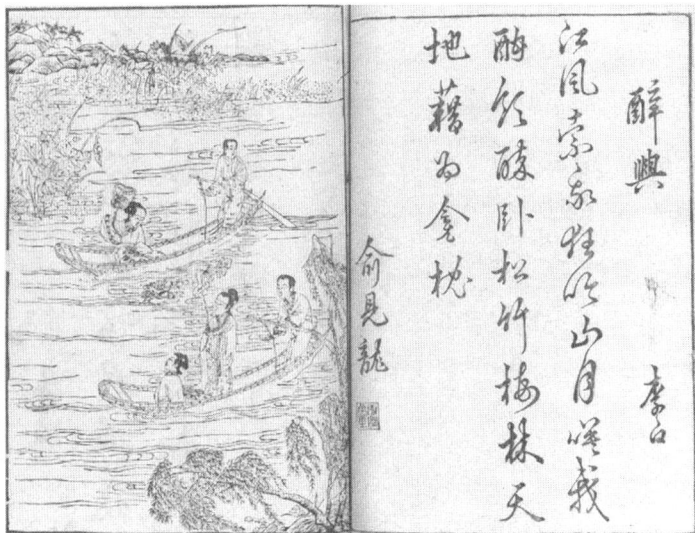

（明）黄凤池《唐诗画谱》之李白《醉兴》诗意图（版画）

　　较之前代，明清诗意画的新变，就是将诗画合编一书刊刻出版。明代万历年间，徽州刻书业大兴，当地集雅斋主人黄凤池出版了《唐诗画谱》一书。黄凤池选取五言唐诗五十首、七言唐诗五十首、六言唐诗六十余首，请画家丁云鹏、蔡元勋、唐世贞图绘诗意，再请苏杭等地书法名家包括董其昌、陈继儒、俞文龙等人书写唐诗，然后请刘次泉等名工刻版，采用一图一诗的编排体例，刊印成书《唐诗画谱》。《唐诗画谱》出版时一开始并非就是完帙，先是出版《五言唐诗画谱》，次出《七言唐诗画谱》，最后编印《六言唐诗画谱》，合称《唐诗画谱》。天启年间，黄凤池还将《唐诗画谱》（包括《五言唐诗画谱》《七言唐诗画谱》《六言唐诗画谱》）、《梅竹兰菊四谱》《草本花诗谱》《木本花鸟谱》《古今画谱》和《明公扇谱》合刊为"黄氏画谱八种"行世。《唐诗画谱》刊刻行世后，广受欢迎，多次翻刻，传布极广，甚至流传到日本。到了清代，这种诗画谱的书籍，仍然广为流行，计有《诗画舫》《诗品画谱大观》《诗书画萃》《耕余小憩图咏》《诗经图谱慧解》等书。这种诗画谱，融诗、书、画、刻四艺于一体，而书籍广为传播，也促进了诗画渗入到社会各阶层。

　　《诗经》作为儒家经典，自汉代以来为历代帝王所重，古代君王从中汲取治国安邦的理念。为宣扬《诗经》之儒家诗教，执权者往往会授命宫廷画家绘制诗经图，如南宋马和之《毛诗图》，元代赵孟頫等人创作的《豳风图》等。清代画院画家，在乾隆的授命下，费七年之力，图绘了《诗经全图》共311幅。自乾隆四年（1739）暮春至十年（1745）季夏，乾隆陆续书写《诗经》305 篇，并补写《笙诗》6 篇，凡 311 篇，同时敕命画院画家规抚马和之《毛诗图》，完成《御笔诗经全图书画合璧》30 册，现藏于台北故宫博物院图书文献处善本书库。《御制诗经全图》主要是规抚马和之《毛诗图卷》，"旧有者临之，已缺者补之"，但与《毛诗图》不同的是，《诗经全图》主要依据朱熹《诗集传》对《诗经》的释读，乾隆又自补 6 篇有声无词的笙诗，补全《诗经》311 篇，《小雅》的分什亦依《诗集传》，分为"鹿鸣之什""白华之什""彤弓之什""祈父之什""小旻之什""北山之什""桑扈之什""都人士之什"。因为分什不同，各篇什之首也与《毛诗》不同，因此乾隆书《诗经》诗文，也就不书毛序了。马和之绘《毛诗图》，事未竣而卒，乾隆朝画家完成《御笔诗经全图》，可谓完璧。

（清）《御笔诗经全图》之"关雎"诗意图（台北故宫博物院藏）

三 题画诗：因画题诗

绘画入诗之三昧，有"助骚客词人之吟思""展卷便令人作妙诗"的作用，故为画作诗，或就画赞人，或咏叹画境，或阐论画理，或借画抒怀，此即为题画诗。题画诗由画家或他人以画为对象而作，有的题于画外，有的直接题于画面空白处，有人认为题于画上才是题画诗，但一般而言，无论是题写于画内还是画外，只要是缘画而作，都可以称为题画诗。画上题诗，通过书法将诗歌题写于画作之上，诗书画结合，相互映发，丰富了绘画的内涵，也增加了形式美感，构成了中国绘画的艺术特色。

（一） 诗缘画而作

题画诗是指缘画而作的诗歌，但题画诗最早出现在什么时候，一直存在争议，因为这涉及文献挖掘与文体认定的问题。题画诗，开始并不题于画上，自宋徽宗始，方直接题诗于画面之上。到元代，题诗于画，诗书画一体，渐成风气。

1. 题画诗的起源

题画诗最早见于何时，学界各持己见，一直未能达成一致的看法，有的认为战国屈原《天问》是最早的一首题画诗，有的认为东汉画赞或画颂为最早的题画诗，有的认为西晋傅咸《画像赋》开咏画之先河，有的认为东晋支遁《咏禅思道人诗》是现存最早的一首题画诗，有的认为东晋陶渊明《读〈山海经〉》为最早的题画诗，有的认为六朝咏画扇、画屏的诗歌为题画诗的最早形式，亦有人袭清代王士祯、沈德潜之说，认为题画诗始创自唐代杜甫。

温肇桐在《浅谈题画诗——〈明清花鸟画题画诗选〉序》中将战国时期的楚国诗人屈原的《天问》视为中国最早的一首长篇题画诗："诗歌与绘画的结合，从中国古代艺术发展史上看，我认为屈原《天问》，是运用了诗歌这一艺术形式，概括记叙和评论了楚国先王之庙和公卿祠堂里的大型历史题材壁画和它的艺术技巧。可以说，这是中国最早的一首题画诗。"[①]《天问》的创作情况，东汉王逸《楚辞章句》注曰："《天问》者，屈原之所作也。何不言'问天'？天尊不可问，故曰'天问'也。屈原放逐，忧心愁悴，彷徨山泽，经历陵陆，嗟号昊旻，仰天叹息。见楚有先王之庙及公卿祠堂，图画天地山川神灵，琦玮僪佹，及古贤圣怪物行事。周流罢倦，休息其下。仰见图画，因书其壁，呵而问之，以泄愤懑，舒泻愁思。楚人哀惜屈原，因共论述，故其文义

---

① 温肇桐：《浅谈题画诗——〈明清花鸟画题画诗选〉序》，见陈履生：《明清花鸟画题画诗选注》，成都：四川美术出版社1988年版，第1页。

不次序云尔。"可知，屈原流放，见庙祠壁画有天地山川神灵和古贤圣怪物行事，因忧心愁悴，故书壁呵问之，舒泄愤懑愁思；壁上的文字，后由楚人集而成《天问》。《天问》缘画而起，所以温肇桐视之为最早的一首题画诗。

赞、颂被认为是诗之一体，所以画赞、画颂也被认为应属于题画诗。因此，东汉出现的画赞也被认为是题画诗，如东汉武侯祠画像石"曾参杀人"，左上角有赞："曾子质孝，以通神明，贯感神祇，箸号来方，后世凯式，以樉纲"，潘天寿认为"这就是吾国绘画上题长款的远祖"①。东汉成帝曾命人画赵充国的画像于甘泉宫，并命扬雄为之作《颂》赞颂赵充国征伐之功。孔寿山认为"从目前的文献资料来看，扬雄此作似可作为中国第一首题画诗"②。此外，《晋书》卷六十四《隐逸》记东晋杨宣为宋纤画像于阁楼上，并写颂辞道："为枕何在？为漱何流？身不可见，名不可求！"殷杰认为这"是现存的资料中所能发现的最早的题画诗"③。

张晨认为题画诗"本来的起点"应是西晋傅咸所作的《画像赋》："惟年命之遒短，速流光之有经，疾没世而不称，贵立身而扬名。即铭勒于钟鼎，又图像于丹青，览光烈之攸画，睹卜子之

----

① 潘天寿：《中国画题款研究》，《潘天寿美术文集》，北京：人民美术出版社 1983 年版，第 123 页。

② 孔寿山：《论中国的题画诗》，《文艺理论与批评》1994 年第 6 期，第 109 页。

③ 殷杰：《中国题画诗及其创始者》，《美育》1985 年第 4 期，第 16 页。

容形。泣泉流以雨下，洒血面而灢缨。痛两趾之朋刖，心恻凄以伤情。虽发肤之不毁，觉害仁以偷生。向厥趾之不刖，敦夜光之见明。人之不同，爰自在昔。臧知柳而不进，和残驱以证璧。"此赋所咏的是卞和画像，"开咏画之先河"①。

　　东晋陶渊明有《读〈山海经〉》诗十三首，其一有句"泛览周王传，流观山海图"。东晋郭璞《山海经图赞》，有"图亦作牛形""在畏首图中""今图作赤鸟"等文字，可知古本《山海经》原有图，陶渊明《读〈山海经〉》中的诗句"泛览周王传，流观山海图"，应是据画而作。所以李宏一认为陶渊明的《读〈山海经〉》"为最早的题画诗"②。

　　清代王士祯认为题画诗始创自唐代杜甫，沈德潜在《说诗晬语》中亦说："唐以前未见题画诗，开此体者，老杜也。"在此基础上，刘继才否定了题画诗始创于杜甫的说法，并指出即使是在唐代，在杜甫之前就有不少题画之作，如上官仪《咏画障》、宋之问《咏省壁画鹤》、陈子昂《山水粉画》和《咏主人壁上画鹤》、李邕《题画》等。刘继才又上溯至六朝，认为六朝题咏画

------

① 张晨：《中国诗画与中国文化》，沈阳：辽宁教育出版社1993年版，第175页。
② 李栖在《两宋题画诗论》（台北学生书局1994年版）的"绪论"中说道："陶诗为最早的题画诗，乃吴宏一先生在本书付梓之前提出的。由于关系到题画诗完成的时代，不敢掠美。"

扇、画屏的诗歌"属于真正题画诗的最早形式"①。早在东晋就有桃叶的《答王团扇歌》三首：

> 七宝画团扇，粲烂明月光。与郎却暄暑，相忆莫相忘。
> 青青林中竹，可作白团扇。动摇郎玉手，因风托方便。
> 团扇复团扇，持许自障面。憔悴无复理，羞与郎相见。

此后又有南齐山巨源的《咏七宝画团扇》、南梁鲍子卿的《咏画扇》、南梁高爽《咏画扇诗》等。与此同时，还出现了为画屏而题的诗歌，如南梁费昶《和萧洗马〈画屏风〉诗三首》、北齐萧悫的《屏风》、北周庾信的《咏画屏风》二十五首、隋朝大义公主的《书屏风》等。但这种咏画扇、画屏的诗作，与后来的同类诗作不同，它既咏扇、屏，又咏画，是一种介于咏物与咏画之间的题画诗作。

题画诗应当"为画而作"，所以学界对刘继才的说法也并不是很赞同，高文、齐文榜认为桃叶《答王团扇歌》三诗不属于题画诗，现存最早的题画诗应当是东晋支遁的《咏禅思道人诗》：

> 云岑竦太荒，落落英岊布。回壑伫兰泉，秀岭攒嘉树。蔚荟

---

① 刘继才：《杜甫不是题画诗的首创者——兼论题画诗的产生与发展》，《辽宁大学学报》1982年第2期，第67页。

微游禽，峥嵘绝蹊路。中有冲希子，端坐摹太素。自强敏天行，弱志欲无欲。玉质凌风霜，凄凄厉清趣。指心契寒松，绸缪谅岁暮。会衷两息间，绵绵进禅务。投一灭官知，摄二由神遇。承蜩累危丸，累十亦凝注。悬想元气地，研机革粗虑。冥怀夷震惊，怡然肆幽度。曾筌攀六净，空同浪七住。逝虚乘有来，永为有待驭。

虽然单从诗歌本身难以判断这是一首题画诗，但根据作者的诗序，却可得知这是一首题画诗："孙长乐作道士坐禅之像，并而赞之。可谓因俯对以寄诚心，求参焉于衡轭。图岩林之绝势，想伊人之在兹。余精其制作，美其嘉文，不能默已，聊著诗一首，以继于左。"东晋名士孙绰画道士坐禅之像，并作画赞一首加以称颂，高僧支遁见后，继作此诗于左。东晋王彪之亦有题咏扇画的《二疏画诗》，王彪之于序中道："余自救致仕，累诏不听，因扇上有二疏画，作诗一首，以述其美。"虽然这是一首地道的题画诗，但从时间先后来看，支遁诗比王彪之诗至少要早出十年左右，所以《咏禅思道人诗》仍然是现存最早的一首题画诗①。

学界对中国最早的题画诗的争议，一则涉及文献的挖掘。因

---

① 高文、齐文榜：《现存最早的一首题画诗》，《文学遗产》1992 年第 2 期，第 94 页。

为年代久远，书籍散佚，又无实物考证，只能从文献记载中考索，每有新的发现，又将前说推翻，所以题画诗最早出现的时间一直在向前追溯。二则涉及题画诗的界定问题。题画诗，简而言之，即是缘画而作的诗歌，包含两个条件：一是因画而作，二是文体属于诗歌。如六朝咏画扇、画屏的诗歌，介于咏物与咏画之间，所以有学者认为此类诗歌并不属于题画诗。再如画赞、画颂、画赋之类，学界对其文体界定一直有争议，有人认为应属于诗歌这一文体，有人则持否定意见，所以学界对此尚未能达成一致的看法。

2. 唐代题画诗

题画诗虽非始创于唐代，但唐代是题画诗史中的一个重要时期。刘继才认为题画诗成熟于唐代，而且"自唐以后，题画诗才引起人们的重视和研究"①。因为直至唐代，才出现大量的题画诗，而且具有相当高的艺术水平。诗歌和绘画到唐代都进入了新阶段，题画诗亦随之渐开风气。唐代，诗歌成为此朝代文学的代表性文体，达到我国古代诗歌的巅峰，而绘画也有了新的发展，出现了一批优秀的山水画家，创作了大量的山水画作。在唐代，诗歌也常常用于社会交际，彼此题咏酬唱，在投赠中就产生了大量的题画诗，如杜甫《丹青引赠曹将军霸》、岑参《题李士曹厅

---

① 刘继才：《杜甫不是题画诗的首创者——兼论题画诗的产生与发展》，《辽宁大学学报》1982 年第 2 期，第 69 页。

壁画度雨云歌》、张祜《题山水障子》等，都是应酬之作。虽有应酬之作，但也有不少题画诗，是诗人直抒胸臆之作。

　　据统计，《全唐诗》共收有七十多位诗人所作的题画诗一百三十余首。在这些题画诗中，不无佳作，其中杜甫、李白、白居易等人所作的题画诗，就有很多脍炙人口之作，尤其是杜甫的题画诗，达到了前无古人的地步，方薰推崇道："自来题画诗亦惟此老使笔如画。"清代杨昌际更高度评价了杜甫题画诗的地位及影响："题画诗沉郁淋漓，少陵独步，自后作者，凡遇珍玩碑碣，多师其意。"大概因为此故，所以清代王士祯《蚕尾集》将杜甫视为题画诗的始创者："六朝以来题画诗绝罕见，盛唐如李白辈，间一为之，拙劣不工……子美始创为画松、画马、画鹰、画山水诸大篇，搜奇抉奥，笔补造化……子美创始之功伟矣。"虽然杜甫并非是题画诗的首创者，但杜甫对题画诗发展所作出的贡献却无法否认。杜甫题画诗有近三十首，著名的如《丹青引赠曹将军霸》《韦讽录事宅观曹将军画马图歌》《题壁上韦偃画马歌》《戏为韦偃双松图歌》《戏题王宰画山水图歌》等。至于李白，其所作也并非如王士祯所说的"拙劣不工"。在李白近二十首的题画诗中，著名的就有《求崔山人百丈崖瀑布图》《宣城吴录事画赞》《安吉崔少府翰画赞》等。

　　3. 宋代题画诗

　　宋代"兴文教，抑武事"，极大地促成了文化的繁荣。宋代诗歌是足与唐诗并峙的一座高峰，而宋代绘画集前代之大成，

"无体不备，无美不臻"，尤其是文人士大夫介入绘画，将文人的学养和审美趣味融入绘画创作当中，并在理论上阐述诗画的互渗和融合，引导诗画的发展方向，而且士人间的雅集酬唱，也促进了诗画创作和题跋。由是，"题画诗三唐间见，入宋浸多"。南宋淳熙年间，孙绍远搜集唐宋两代题画诗而成《声画集》一书，这是我国最早的一部题画诗集，共收有唐宋题画诗八百零五首，其中收有唐代十九位诗人六十一首，宋代即收有八十五位诗人七百四十四首，其中苏轼一人就有一百四十首，由此可见宋代题画诗之盛。

宋人题画，不仅描述画境、评画赞人，还借题画诗阐述画理，中国画史上一些重要的画论即是在宋代题画诗中提出的。如欧阳修《盘车图诗》："古画画意不画形，梅诗咏物无隐情。忘形得意知者寡，不若见诗如见画"，就绘画形意上主张"得意忘形"，更重在传神得意。苏轼提出的"诗中有画，画中有诗"，"诗画本一律"，更是影响深远。陈传席在《中国山水画史》评价道："宋以后，没有任何一种绘画理论超过苏轼画论的影响，没有任何一种画论能像苏轼画论一样深为文人所知晓，没有任何一种画论具有苏轼画论那样的统治力。"① 确实，苏轼画论中的"诗中有画，画中有诗"，"诗画本一律"可以说是世人耳熟能详，元

---

① 陈传席：《中国山水画史》，天津：天津人民美术出版社2001年版，第142页。

明清画论每每借此立论或阐发，苏轼这种影响力后世无人能比肩。苏轼的画论往往是在题画诗中提出的，如"诗画本一律"出自《书鄢陵王主簿折枝二首》其一：

> 论画以形似，见与儿童邻。赋诗必此诗，定非知诗人。
> 诗画本一律，天工与清新。边鸾雀写生，赵昌花传神。
> 何如此两幅，疏澹含精匀。谁言一点红，解寄无边春。

再如"其身与竹化，无穷出清新"，出自《书晁补之所藏与可画竹三首》其一：

> 与可画竹时，见竹不见人。岂独不见人，嗒然遗其身。
> 其身与竹化，无穷出清新。庄周世无有，谁知此疑神。

"其身与竹化"，可与另一篇画跋《文与可画筼筜谷偃竹记》中"成竹在胸""心手相应"相参，都是重要的绘画美学思想。其他再如"象外神""画外意"出自《王维吴道子画》，"君不见韩生自言无所学，厩马万匹皆吾师"出自《次韵子由书李伯时所藏韩幹画马》，"少陵翰墨无形画，韩幹丹青不语诗"出自《韩幹马》等。苏轼的题画诗不仅阐述见解深刻的绘画理论，而且"以诗赏画，以诗阐画，以诗补画，以诗导画"，开拓了题画诗的功能。

（宋）文同《墨竹图》（台北故宫博物院藏）

　　宋代文人题画诗，除了阐述画理外，也有不少精彩之处，如黄庭坚《题李亮功戴嵩〈牛图〉》，因戴嵩善画斗牛，故题诗中拟瘦牛口吻自告主人："实已尽筋力，乞我一牧童，林间听横笛。"再如《题〈竹石牧牛〉》，诗人对画中牧童言："石吾甚爱之，勿遣牛砺角。牛砺角尚可，牛斗残我竹。"再如爱国诗人陆游，观画题诗亦可看到他的满腔爱国热情，因看《龙眠画〈马〉》而感叹道："呜呼安得毛骨若此三千匹，衔枚夜度桑乾碛"，在《题〈拓本姜楚公鹰〉》中因看猛禽而联想"弓面霜寒斗力增，坐思铁马蹴河冰"。

宋代题画诗虽因文人的介入而大增，但这时的题画诗跟题跋一样，仅题于画外，又或题于画卷的前面或后尾，并没有直接题于画面之上，书画落款多不题，若有亦多题于画面上的隐蔽之处。在传世画作中，将诗直接题于画上，从形式上将诗与画融合一体的，始于宋徽宗赵佶。赵佶画上题诗，更多是一种权力意志的体现，所以当时无论是宣和画院还是民间画坛，多不题款，更不题诗。南宋，皇室中宁宗赵扩及宁宗皇后杨妹子也曾在画上直接题诗，但对画坛影响不大。直到元代，画上题诗才逐渐兴起和成熟，明清以后，题画诗尤为盛行，徐渭、董其昌、郑板桥、吴昌硕等人，几乎每画必题，诗画获得更加完美的统一。

在此，涉及"题跋""画跋""题画诗"几个概念，有待说明。据周积寅《中国画论大辞典》："题跋，指在书画作品中书写的有关记事、品评、考证等文字。书写于作品前面的文字一般称'题'，后面的称'跋'。清代段玉裁《说文解字注·足部》谓：'题者，标其前；跋者，系其后也。'"而"画跋，指跋于画卷、册页等附纸上的文字，在广义上也包括款识、题诗之类"①。在中国书画史中，题跋包括画跋、书跋，而画跋又包括款识、题画诗。历代撰集题画诗的著作，有南宋孙绍远《声画集》、明代李日华《竹嬾画媵》和《墨君题语》，清代陈邦彦《御定历代题画诗类》、原济《大涤子题画诗跋》、奚冈《冬花庵题画绝句》、吴修《青霞馆论画绝句》等。也有撰集画跋的著作，如宋代董棻《广川画跋》、清代恽寿平《南田画跋》、王时敏《西庐画跋》、王翚《清晖画跋》、吴历《墨井画跋》等。从书名可推知集子所收的题画的文学体裁。

元前画家多不用款，虽有大量的题画诗，但有的题于画外，有的与题跋一样，仅写于画卷的前面或后尾，并没有直接题于画上。如苏轼跋王诜《烟江叠嶂图》，即系诗于卷后："江上愁心千叠山，浮空积翠如云烟。山耶云耶远莫知，烟空云散山依然。但见两崖苍苍暗绝谷，中有百道飞来泉。萦林络石隐复见，下赴谷口为奔川。川平山开林麓断，小桥野店依山前。行人稍度乔木外，渔舟一叶江吞天。使君何从得此本，点缀毫末分清妍。不知人间何处有此景境，径欲往买二顷田。君不见武昌樊口幽绝处，东坡先生留五年。春风摇江天漠漠，暮云卷雨山娟娟。丹枫翻鸦伴水宿，长松落雪惊醉眠。桃花流水在人世，武陵岂必皆神仙。

---

① "题跋""画跋"的概念解释，见周积寅：《中国画论大辞典》，南京：东南大学出版社2011年版，第20页。

江山清空我尘土，虽有云路寻无缘。还君此画三叹息，山中故人应有招我归来篇。"宋神宗元丰三年（1080）苏轼因"乌台诗案"被贬黄州（今湖北黄冈），元丰七年（1084）又改迁汝州（今河南汝州），留黄州近五年。元祐三年（1088），苏轼为王巩（字定国）所藏《烟江叠嶂图》题跋，题诗中描绘了画中的江山叠嶂、烟云萦绕的江山景色。此画作者王诜后有诗应和苏轼，中有句"几年漂泊汉江上""四时为我供画本"，可知此图所绘为汉江景色。因为画中江景乃图写自汉江，由此唤起贬留黄州五年的回忆，想起个人遭遇，苏轼因而产生买田归隐于此人间桃源的念头。画中景可观可游可居，诗中情可感可叹可味，诗画相得益彰，互为对照，可谓珠联璧合。但是，诗未题于画上，在形式上尚未融合一体。

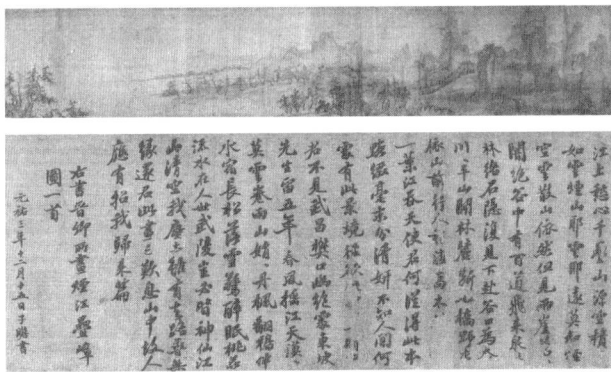

（宋）王诜《烟江叠嶂图》（上海博物馆藏）

这个时候的绘画大多不落款，偶有落款，一般仅署名款、记年月，而且大多题于画面上很不起眼的一小块地方，或者题于石隙、树腔等一些隐蔽的地方，若不细看，很难发现，甚至若非偶然，亦难以发现，如米芾《画史》："范宽师荆浩，浩自称洪谷子。王诜尝以二画见送，题云'勾龙爽画'。因重背入水，于左边石上有'洪谷子荆浩笔'，字在合绿色抹石之下，非后人作也。然全不似宽。后数年，丹徒僧房有一轴山水，与浩一同，而笔干不圜，于瀑水边题'华原范宽'，乃是少年所作。却以常法较之，山顶好作密林，自此趋枯老；水际作突兀大石，自此趋劲硬，信荆之弟子也。于是以一画易之，收以示鉴者。"王诜送给米芾的画，题"勾龙爽画"，后来因重新装裱入水浸润时，米芾才发现画中左边石上有"洪谷子荆浩笔"款字隐藏于合绿色抹石下；后又于丹徒僧房发现一轴山水，瀑水边题"华原范宽"。米芾的记载是可信的，有例可以印证。辽宁省博物馆藏有南宋赵大亨的《荔院闲眠图》，在图左下方的石缝上，有画家的款署"赵大亨"，原用石绿掩盖，后因天长日久，部分石绿脱落，署款才得以见到，人们才得知是赵大亨的作品。于此，可见落款之隐秘。

（宋）赵大亨《荔院闲眠图》（辽宁省博物馆藏）

除了上文提到的燕文贵《溪山楼观图》、郭熙《早春图》、李成《读碑窠石图》、崔白《寒雀图》和《双喜图》外，还有很多绘画亦是如此，可见当时落款的风气。如郭忠恕《金门应诏图》，款署"忠恕"于画面右下一小角，他的《明皇避暑宫图》，款署"恕先"，亦置于画幅右下角；许道宁《关山密雪图》款署"许道宁学李咸熙画关山密雪图"，置于画面左边上；郭熙《窠石平远图》款署"窠石平远 元丰戊午年郭熙画"，置于画面左边上；李唐《万壑松风图》款署"皇宋宣和甲辰春 河阳李唐笔"，题写于画中主峰左侧的淡墨远峰上，他的《采薇图》款署"伯夷叔齐河阳李唐画"，题写于左边树丛掩映下的石块上；范宽《溪山行旅图》款署"范宽"，题写于画面右下部的树叶间，他的《雪景寒林图》款署"臣范宽制"，题写于前景树干中，但因年代久远，字迹已漫漶不易辨认。

对此，张其凤撰文《关于中国绘画"诗书画印"一体化进程的考察》，对唐、五代至北宋期间全部有可靠题款的院体画家的作品进行考察，得出结论："院体画家的书写水平十分有限，对题款均不重视，至于那些留下画作但没有题款的更是如此，而这些绝大多数画家没有在他们作品上加盖印章的习惯。而郭熙虽印章、落款均有，而且也经常探讨可入绘画的诗或诗句，但在其作品上终未见一句题诗。其他院体画家同样也连一幅题诗的画作也没有。"[1] 明代沈颢《画麈》认为这是因为画家书法不精，恐伤画局，后来文人画家书画兼工，方附丽成观："元以前多不用款，款或隐之石隙，恐书不精，有伤画局。后来书绘并工，附丽成观。"

---

[1] 张其凤：《关于中国绘画"诗书画印"一体化进程的考察》，《艺术百家》2009年第2期，第66页。

（宋）李唐《万壑松风图》（台北故宫博物院藏）

（宋）范宽《雪景寒林图》（天津市博物馆藏）

以上所列举的画家，主要是画院画家，如燕文贵、郭熙、崔白、李唐，而许道宁早年在汴京卖药为生，以画吸引顾客，随药送画，声名渐显后，公卿大夫争相延请作画。民间画工虽然画技精湛，但很可能书法水平有限，为免伤画局，所以绘画多不落款。有文名的画家如郭忠恕、李成、范宽虽非画院画家，但他们的画也跟画院画家一样，位置经营考究，构图饱满，多不留书写名款的位置，所以也很少在画面上署具名款，纵有落款，亦隐而不宣。还有一原因，则是职业画家社会地位低下，绘画一般不落款，纵是文人画家，如唐代阎立本，虽文才不减同辈，且官拜右相，亦以"画师"为耻，乃告诫儿子勿要学画。从历代传世绘画来看，唐代绘画是不落款的，虽有人根据唐人摹的《女史箴图》认为晋代顾恺之开创了画上落款的先河，但经过研究，却发现落款"顾恺之画"是后人添加上去的，原画是没有落款的。而至今所见的五代绘画，凡有款书者，皆为后添，无一真者，如黄筌《写生珍禽图》，"付子居宝习"就为后人所添。

可以说，北宋及以前的画坛，无论画院还是民间，都没有画上题款的风气，直至北宋中期，郭熙、崔白等人，才开始在画上题款，但这些落款也多隐藏不露。所以，方薰《山静居画论》言："古画不名款，有款者亦于树腔、石角题名而已。"及至元代，画上题诗跋文已成风气，明代又宗师元画，令时人误以为古画亦如此，向皇室进呈卷轴时，有古画无名款者，便补添名款，意图增值，反而画蛇添足，令人耻笑，正如屠隆《画笺》中所记："古画无名款者多。画院进呈卷轴，皆有名大家，乃御府画也。世以无名人画既填某人款字，深为可笑。"

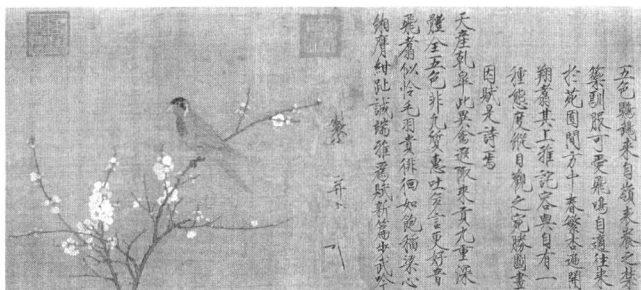

（宋）赵佶《五色鹦鹉图》（美国波士顿美术馆藏）

有画迹可考，在画上题诗的，当推宋徽宗赵佶为第一人。关于宋徽宗传世绘画的真伪，历来颇多争议，有的认为是真迹无疑，有的则认为是御题画，先由画院画家完成，宋徽宗再题己款。周积寅《中国历代画目大典（战国至宋代卷)》记赵佶名下的画作有六十五件，其中赝品及"非赵佶手笔"的共有四十三件，另二十二件则是相对能体现赵佶绘画水平和绘画思想的画作。这二十二件当中有两幅《鸲鹆图》，分藏于南京博物院和美国底特律美术馆，均为摹本。据闻《鸲鹆图》真迹原为庞莱臣所有，因破损严重，遂请陆恢临摹两件，南京博物院藏本上的乾隆真迹"活泼地"即是从原作拆出，而原作现已不存，所以应为二十一件：《祥龙石图》《鸲鹆图》《芙蓉锦鸡图》《听琴图》《枇杷山鸟图》《雪江归棹图》《梅花绣眼图》《柳鸦芦雁图》《池塘秋晚图》《瑞鹤图》《蜡梅双禽图》《文会图》《写生珍禽图》《五色鹦鹉图》《六鹤图》《御鹰图》《竹禽图》《水仙鹌鹑图》《四禽图》《金英秋禽图》《蜡梅山禽图》。在这些画中，题款最引人注目的有六幅：《祥龙石图》《芙蓉锦鸡图》《瑞鹤图》《五色鹦鹉图》《蜡梅山禽图》《文会图》。

在宋徽宗这六幅画中，其中《祥龙石图》《五色鹦鹉图》和《瑞鹤图》，在画心上，画占一半，题跋诗文占一半，其中《瑞鹤图》上还可看到明显的分界。如《五色鹦鹉图》，左画杏花鹦鹉，杏花春意正好，五色鹦鹉栖于枝头，逼真生动，右边以瘦金体书诗序及诗："五色鹦鹉来自岭表，养之禁籞，驯服可爱，飞鸣自适，往来于园圃间。方中春繁杏遍开，翔翥其上，雅诧容与，自有一种态度。纵目观之，宛胜图画，因赋是诗焉。天产乾皋比异禽，遐陬来贡九重深。体全五色非凡质，惠吐多言更好音。飞翥似怜毛羽贵，徘徊如饱稻粱心。缃膺绀趾诚端雅，为赋新篇步武吟。"画面布置上，诗序位置较诗歌要低，而署款在诗后另起一行，位置又较诗序要低，显得错落有致。左画右诗，结构均衡古雅，诗书画相互辉映，已启后世画上题诗之风。《祥龙石图》《瑞鹤图》诗画结构与之相类，都属于同一种类型的构图，诗画平分，但画上题写的序、诗及款高低错落有致。及至清代，绘画越来越程式化，各种画论总结前代画法，其总结的题款方法可从宋徽宗找到最早的源头。

《芙蓉锦鸡图》和《蜡梅山禽图》的构图又较以上三图更为巧妙，题诗根据画局态势，寻找一平衡点落笔题诗，从而使整幅画面诗书画达到一种完美的融合。在《蜡梅山禽图》轴中，画一株蜡梅由右向上横斜而出，梅枝疏朗有致，点缀着数朵蜡梅，而枝头宿白头鸟两只，正背相向。又于蜡梅根部添画了两丛花草，不但使画面增添几分生机，还避免了头重脚轻的弊病。梅枝的取势，令画面

（宋）赵佶《蜡梅山禽图》（台北故宫博物院藏）

左下方留出一片空白，宋徽宗乃于此题诗四行："山禽矜逸态，梅粉弄轻柔。已有丹青约，千秋指白头。"从而使得整幅画面布局形成一种妙自天成的均衡，而诗、书、画也完美融合一体。另一幅《芙蓉锦鸡图》，画芙蓉锦鸡于左边，在右边空白处题诗四行，画面布局态势均衡，诗书画融合。

（宋）赵佶《文会图》（台北故宫博物院藏）

在北宋画上题款尚未成熟的情况下，宋徽宗能开画上题诗之先风，今人推测其行为的背后，更多是一种权力意志的体现，正如其画押"天下一人"一样，所表露的是天下唯我独尊的意志，书画之成规又岂为君王所守，但凭喜爱，不为所拘。宋徽宗不但自己在画上直接题诗，亦令宠臣在画上题诗，如《文会图》和

《听琴图》画上就有蔡京的题诗。至此，题画诗中的自题与他题亦于此时出现。《文会图》沿袭了唐代"十八学士"的主题，描绘了文人雅集品茗赏酒的场景，构图较为饱满。画面上部右侧有宋徽宗题诗："题文会图 儒林华国古今同，吟咏飞毫醒醉中。多士作新知入彀，画图犹喜见文雄。"左边即有蔡京应命而题的诗："臣京谨依韵和进，明时不与有唐同，八表人归大道中。可笑当年十八士，经纶谁是出群雄。"宋徽宗题诗表达了揽天下英才入于彀中的欣喜，而蔡京题诗唱和，更多的是对宋徽宗的奉承。故《文会图》的画旨，表征的是宋徽宗统治下人才云集的伟绩。然而，此时北宋政权已岌岌可危，蔡京与童贯等人狼狈为奸，把持朝政，掌控徽宗于股掌之间。蔡京的得宠，还可从《听琴图》上看出来，画中徽宗身着道袍抚琴，听者三人，

（宋）赵佶《听琴图》（北京故宫博物院藏）

有人认为红袍者为蔡京，绿袍者为童贯。画上有蔡京题诗："吟徵调商灶下桐，松间疑有入松风。仰窥低审含情客，似听无弦一

弄中。"诗后有蔡京署款："臣京谨题。"徽宗颇欣赏蔡京的书法，但于御画顶端题诗的行为，清代胡敬斥之"无忌惮之甚矣"。徽宗不但自题诗，而且命下臣亦画上题诗唱和，对诗与画在形式上的融合很有启导的意义。后世，画上题诗，有自题，亦有他题，画家与友朋于画上题诗唱和，诗情画意满幅，而蔡京题诗，署款"臣"以示身份，这种做法在清代宫廷画院中非常普遍，如乾隆与文臣画家的题诗就可从宋徽宗这两幅画中找到源头。

不过，宋徽宗之后，画上直接题诗依然并不常见，也仅见南宋皇室内的孝宗赵昚、宁宗赵扩和宁宗皇后杨妹子在画院画家作品上题写诗词，而南宋画院及民间画坛，却并没有将之发扬。宋高宗赵构据《金奁集》的渔父词唱和了十五首，并画有《蓬窗睡起图》，其子孝宗赵昚题写其词于画上："谁云渔父是愚公。一叶为家万虑空。轻破浪，细迎风。睡起蓬窗日正中。"词意画旨，令人引发出无穷思绪，内容与形式达到艺术美的统一。南宋画院中，马远及其子马麟的画颇受帝王喜爱，宁宗赵扩及宁宗皇后杨妹子常在其画上题诗，如前文提及的马远《踏歌图》和马麟《层叠冰绡图》，就分别有宁宗赵扩和皇后杨妹子的题诗。此外，马远《松寿图》上有赵扩题诗："道成不怕丹梯峻，髓宝常欺石榻寒。不恋世间名与贵，长生自得一元丹。"诗后落款："赐王都提举为寿。"马远多幅绘画有杨妹子的题诗，如《洞庭渡水图》，画曹洞宗祖师洞山良价禅师云游时涉水，见自己水中倒影而恍然大悟的刹那，杨妹子题诗："携藤拔草瞻风，未免登山涉水。不知触处皆渠，

（宋）赵构《蓬窗睡起图》（台北故宫博物院藏）

（宋）马远《洞庭渡水图》

（东京国立博物馆藏）

（宋）马远《倚云仙杏图》

（台北故宫博物院藏）

一见低头自喜。"再如《华灯侍宴图》，杨妹子题诗："朝回中使传宣命，父子同班侍宴荣。酒捧倪觞祈景福，乐闻汉殿动鼍声。宝瓶梅蕊千枝绽，玉栅华灯万盏明。人道催诗须待雨，片云阁雨果诗成。"此画描绘的是杨妹子皇后的父亲杨次山及兄长侍候皇帝夜宴的场景，又有人推测此画描绘的宴会是皇帝为迎接史弥远签订"嘉定和议"回都而举办的，又另召唤马远及其子马麟侍宴，故有"父子同班侍宴荣"。还有《王宏送酒图》，杨妹子题诗"人世难逢开口笑，黄花满目助清欢"；另有《月下把杯图》，杨妹子亦有题诗"相逢幸遇佳时节，月下花前且把杯"，《山径春行图》，题诗"触袖野花多自舞，避人幽鸟不成啼"，以及《倚云仙杏图》，题诗"迎风呈巧媚，泡露逞红妍"。杨妹子诗风清丽飘逸，书法秀颖妍媚，其所题马远父子画，多关文人风雅，又或淡雅华贵的花鸟画，诗书画相互映带，显得温润风雅。

（宋）萧照《山腰楼观图》（台北故宫博物院藏）

北宋宋徽宗开画上题诗风气之先，南宋皇室画上题诗亦不少，但南宋画坛并未形成一股风潮，画上题诗者于南宋画院和民间画坛均未见。当时画院画家萧照，师法李唐，或认为其较李唐笔法更为潇洒超逸，"其画山水人物，异松怪石，苍浪古野，惜用墨太多，书名于树石间"（夏文彦《图绘宝鉴》卷四）。如现藏于台北故宫博物院的《山腰楼观图》，画中主峰雄伟奇峭，山间小径蜿蜒曲折而上，隐映于山谷林木之中，通向山腰楼观，而行人正拾阶而上。右方江岸开阔平远，烟置遥岑，陂岸隐约，崇山脚下临水高台上，一人凝目远望，另一人遥指江面，回首与之语谈。此画既有北方山水画的雄浑气势，又有江南的烟罩雾笼的水乡风貌。在画面中部山崖旁，有楷书落款"萧照"二字，与画面的恢宏相比，落款隐蔽，实不易觉察。这基本上也反映了南宋画坛的风气，画上题诗并非常态，南宋皇室的画上题诗，实属特例。

4. 元代题画诗

宋末元初，赵孟坚、郑思肖、龚开、钱选、赵孟頫等人逐渐开始在画上题诗。赵孟坚水仙、墨兰画得极好，《水仙图》长卷卷首曾题诗，另一幅《墨兰图》也题诗于墨兰边上："六月衡湘暑气蒸，幽香一喷冰人清。曾将移入浙西种，一岁才发一两茎。"图中两株墨兰，兰花开如飞蝶起舞，兰叶柔美舒放，清雅俊爽，题诗借物寓意，抒发情怀，表露出画家孤芳自赏、清高拔俗的情趣。

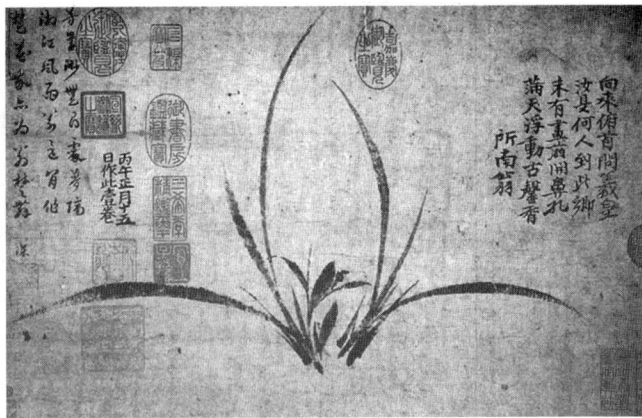

（元）郑思肖《墨兰图》（日本大阪市立美术馆藏）

郑思肖《墨兰图》画无根兰花，并于画上题诗表述了个人对朝代更替的孤怀怅恨，后倪瓒亦为此图题诗："秋风兰蕙化为茅，南国凄凉气已消。只有所南心不改，泪泉和墨写《离骚》。"可谓是郑思肖的知音。郑思肖另一首题画诗《画菊》亦是以画抒怀，借菊花萎谢枯死枝头来比附"抱香守节"："花开不并百花丛，独立疏篱趣未穷。宁可枝头抱香死，何曾吹落北风中。"龚开也经历了宋元的朝代更替，吴师道《吴礼部诗话》记他工诗善画，篆隶亦奇古，"每画题诗于后"，又录其题画诗三首，发抒故国情思。钱选传世作品中，画上题诗的画作有多幅，如《蹴鞠图》《浮玉山居图》《山居图》《梨花图》《秋江待渡图》《烟江待渡图》《王羲之观鹅图》《瓜茄图》《秋瓜图》《杨贵妃上马图》《归去来辞图》等，这些画大多是长卷，卷末题诗，而《瓜茄图》册页、

（元）钱选《瓜茄图》（美国弗利尔美术馆藏）

《秋瓜图》立轴以及《浮玉山居图》长卷则于画面空白处题诗，这已是元明清画上题诗的常见形式。由宋入元的赵孟頫，后来成为元代的画坛领袖，对元代绘画影响巨大，是中国画史上一个承前启后的重要人物。绘画署款至赵孟頫已不像宋代那样多不落款，赵孟頫绘画多有落款，也不再隐藏于石隙树腔之中。赵孟頫也于本人画作上题诗，如《洞庭东山图》《秀石疏林图》等，其中《秀石疏林图》的卷末题诗是谈论绘画与书法笔墨相通的名句："石如飞白木如籀，写竹还于八法通。若也有人能会此，方知书画本来同。"这幅画绘古木秀篁于平坡秀石之间，以飞白法画石，以篆书法绘树，是其"书画同源"理论在绘画实践中的具体体现，对后世文人画影响至深。

（元）赵孟頫《秀石疏林图》（北京故宫博物院藏）

赵孟頫也给同时代的画家题画，如高克恭《墨竹坡石图》，是画家为龚璛画的雨竹图，画平坡秀石，雨竹两竿挺拔耸立于石后，一前一后，一浓一淡，笔法深厚挺劲，墨气清润，生动地写出了竹子在烟雨中的挺秀潇洒之态。画上有赵孟𫖯题诗："高侯落笔有生意，玉立两竿烟雨中。天下几人能解此？萧萧寒碧起秋风。"不但点出了雨竹"萧萧寒碧起秋风"，而且也表达了对高克恭墨竹的推崇。除了题诗外，赵孟𫖯《二羊图》自题跋文，钱选《八花图》卷后亦有他的题跋。不过总体而言，赵孟𫖯在画上题诗写跋并不多见，而且赵孟𫖯对元初画上题跋的风气持反对态度，曹昭《格古要论》有记："古人题画书于引首，宋徽庙御书题跋亦然，故宣和间背书画，用黄绢引首也。近世多书于画首，赵松雪云：画至近世，遭一劫也。"

然而，画上题诗，诗书画一体化的发展趋势终不可逆挡。宋元易代，文人士子出仕之路闭塞，兼之华夷之别，对元朝多有抵触

（元）高克恭《墨竹坡石图》
（北京故宫博物院藏）

心理,遂退隐山林市井,以文艺抒发胸臆。有元一代,众多文人介入画事,纷纷以画遣兴抒怀,写愁寄恨,绘画不以工整逼真为能事,追求抒情达意,逸笔草草,聊以自娱,又或于翰墨之余,以墨戏之作,适一时之兴趣,进一步强化了绘画的主体意识和自娱功能。文人画家作画,大多出于一种游戏笔墨、抒情适意的创作心理,更加注重自娱,强调主观意识的表达,寄托性情和思想,绘画的精神内涵空前加强。这种游戏笔墨以游心寄兴的创作心理,使元代文人画家打破常规而敢于画上题诗。这与宋徽宗画上题诗的"天下一人"心理不同,是出于一种抒情寄兴的需要和驱动。而且,文人画家的绘画精神内涵和主体意识不断加强,逸笔草草,不求形似,需要借助文字来"提醒"画意,令观者体悟到画家之兴寄。所以,元中期后,画上题诗渐成风潮,并影响明清两代。

画上题诗,诗书画一体,诗画从内容到形式上的融合在元代终于完成,文人画也至此成熟。元代成熟的文人画代表是"元四家",即黄公望、吴镇、倪瓒和王蒙,他们的绘画也体现了元代画坛诗画融合的艺术成就。综观"元四家"传世画作,黄公望、王蒙多题款而少题诗,吴镇、倪瓒则多见题诗,几乎每画必题。

黄公望是"元四家"中最年长者,其画多有题款,纪事纪时,如《天池石壁图》《为张伯雨画仙山图》《溪山图》《丹崖玉树图》等。黄公望传世诗作多是题画诗,除了题跋他人画作外,亦有自题诗,如《松亭秋爽图》《员峤秋云图》《春林远岫图》

《层峦晓色图》《秋山林木图》《云敛秋清图》《秋山招隐图》《芝兰室图》等均有黄公望自题诗，如《秋山招隐图》描绘富春山景致，先跋后诗："此富春山之别径也，予向构一堂于其间，每春秋时焚香煮茗，游焉息焉，尝晨岚夕照，月户雨窗，或登眺，或凭栏，不知身在尘寰矣，额曰'小洞天'，图之以招仆夫隐君同志。"诗云："结茅离市廛，幽心幸有托。开门尽松桧，到枕皆丘壑。山色晴阴好，林光早晚各。景固四时佳，于秋更勿略。坐纶磻石竿，意岂在鱼跃。行忘溪桥远，奚顾穿草屦。兹癖吾侪人，入来当不约。莫似桃源渔，重寻路即错。"这首诗无疑是黄公望隐居富春山最真实的生活写照，不仅作画描绘富春山别径，亦以诗描述了山居生活，读之亦令人不知身世在尘寰之中。

（元）王蒙《桃源春晓图》
（台北故宫博物院藏）

王蒙书法及诗歌都极佳，但因其绘画构图繁密，没留太多的空白题诗，而且王蒙山水画的景物描绘及点景人物都足以表达画意，不需依赖诗文题跋，所以也多是简短的题款或自题画名。不过在王蒙传世画作中，有的绘画也有自题诗，如《花溪渔隐图》《谷口春耕图》《春山读书图》《桃源春晓图》《丹崖翠壑图》等。王蒙诗有"古今我爱陶元亮，乡里人称马少游"句，道出他对陶渊明的倾慕之情，《桃源春晓图》即以陶渊明笔下桃花源为对象，描绘出桃源春晓的景色："空山无人瑶草长，桃花满口流水香。渔郎短棹花间发，两岸飞飞赏香雪。花飞烟暝正愁人，一溪绿水流明月。明月团团如有意，春夜沉沉花下宿。白云洞口千峰碧，流水桃花非世间。"画中渔人奋楫溯源而上，正寻"不知有秦，无论魏晋"的桃花源而去："此去武陵应不远，避秦人在好勾留。"

（元）吴镇《墨竹图》（《墨竹谱册》之十五）（台北故宫博物院藏）

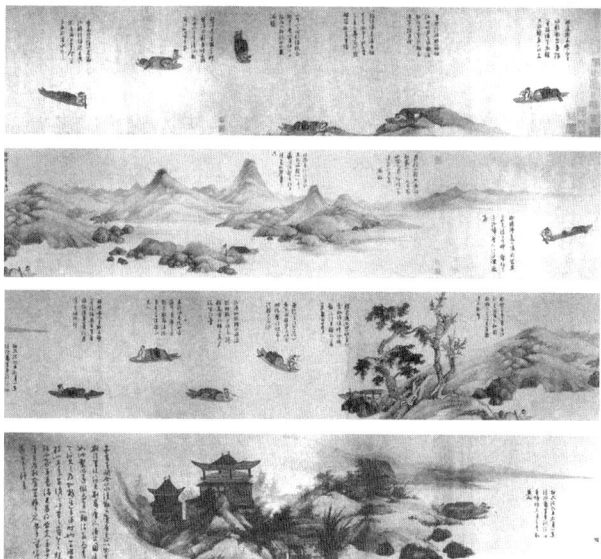

（元）吴镇《渔父图》（美国弗利尔美术馆藏）

　　吴镇以墨为戏，适一时之兴趣，其画水墨挥洒自如，草书酣畅淋漓，画上题诗，诗画辉映，诗书画完美结合。《墨竹谱》中的墨竹千姿百态，或画矮坡丛竹、竹头竹笋，或画雪竹、垂竹风梢，而题跋亦不拘一格，或长或短，上下参差不齐，于墨竹间随意腾挪，错落有致，却又与图中墨竹之态势相呼应。题跋与墨竹在画面上所占的空间亦各有异，打破了以墨竹为主导的空间结构，甚至题跋较墨竹占更大的空间。墨竹浓淡枯荣，嫩枝老梢，倒垂侧倚，挺拔通直，含雨带露，迎风压雪，或清俊挺拔，或摇曳多姿，或随风飘曳，而草书笔势迅疾，不事雕琢，点画波磔，沉郁苍劲而又自然洒脱，两者相得益彰。姜绍书对吴镇诗画题跋不吝溢美之辞："梅道人画秀劲拓落，运斤成风，款则墨沈淋漓，龙蛇飞动，即缀以篇什，亦摩空独运，旁无赘词。正如狮子跳踯，威震林壑，百兽敛迹，尤足称尊。"吴镇绘画多有题跋，或诗或文或词，从其题跋可以看出吴镇对画跋的苦心经营。吴镇画有多幅《渔父图》传世，画上都题写《渔父词》，现藏于美国弗利尔美术馆的《渔父图》卷，画有十多艘渔船，渔人"或舣舟荒滨寂徼，或依泊远渚清湾，或鼓楫烟波深处，或刺棹岩石溪边，或得鱼收纶，或虚篷听雨，或浩歌月明，或醉卧斜阳，态千状万，无不自适"，每艘渔船均题一首《渔父词》于其旁。词画相参，让人在画中感受到词的意境，更从词中体悟他的隐逸情怀。再如《嘉禾八景图》，吴镇选取家乡嘉兴的八处风景图绘成画，每景右侧，一一题以景名及小序，并题一首《酒泉子》词，八景中的地名又以小楷一一标注出来。《酒泉子》乃宋代寄寓杭州的潘阆所创，因潘阆居钱塘十载，对钱塘山水风物怀有深情，故追忆西湖诸胜而填词，分别以"长忆"领起吟咏，回忆咏唱了钱塘山水人文美景。吴镇填词题画，选择潘阆《酒泉子》词牌，自然别有深意，寓意家乡八景之胜。吴镇从词牌到词意补充阐发画旨，如此匠心独运地题跋绘画，使文学艺术结合得更加融洽紧密，可见元代画上题跋已发展得相当成熟。

倪瓒山水画多是一河两岸的构图，萧疏简淡，空亭无人，世人或称之为"剩山残水"。因为倪瓒绘画留白极多，故其画多题写诗跋。倪瓒画跋多由题诗和跋文组成，有的先题诗后题跋，如《紫芝山房图》《容膝斋图》《幽涧寒松图》《琪树秋风图》《渔庄秋霁图》《竹石乔柯图》《虞山林壑图》《松亭山色图》《疏林图》《江亭山色图》《筠石乔柯图》《松林亭子图》《江崖望山图》《溪山图》等；有的则先题跋后题诗，如《梧竹秀石图》《水竹居图》《岸南双树图》《秋亭嘉树图》等，无论诗尾用跋，还是跋后系诗，皆不拘泥于形式，随意成致。倪瓒山水一河两岸式的构图，由近景、中景、远景三部分组成，中景大片留白，作为寥廓平静的河面，近景和远景为河之两岸，近景一般放得较低，平坡上三五株树木丛篁，竹树下或置虚屋空亭；远景放得很高，坡峦平缓，但上面尚有部分空白作远空。这种构图的绘画，一般是中间和远景上面的顶端留白较大，倪瓒画跋一般题在这两个地方，如《紫芝山房图》，题于画面顶端右侧，中景依然是一宽阔的水面；《容膝斋图》与《紫芝山房图》相仿，题于顶端偏中间的位置，大概是考虑到题跋较长；《虞山林壑图》《江亭山色图》《江岸望山图》《溪山图》《秋亭嘉树图》亦题于顶端右侧的地方；《幽涧寒松图》并非一河两岸式的构图，但画面前半部是空白，故画跋置于顶端左侧，《松林亭子图》构图与之相似，亦题于顶端左侧。《渔庄秋霁图》《松亭山色图》都属于一河两岸式的典型构图，但远景上面的地方留白不多，而中间留白极多，所以题于画面中景右侧，连接了近景和远景，平衡了画面布局，也填充了

空白，从而成为画面不可分割的一部分；《六君子图》的画跋题
于画面中部左侧，高度与近景六树相平，并没有题于中间最大的
空白处，但这样使人觉得画中湖面宽阔平静。

（元）倪瓒《紫芝山房图》   （元）倪瓒《容膝斋图》

（台北故宫博物院藏）   （台北故宫博物院藏）

　　章宪题倪瓒《翠竹乔柯图》道："清诗萧散疏仍密，淡墨淋

漓瘦更肥。三绝真堪入三昧，令人相对忆倪迂。"倪瓒身兼三绝，
绘画被视为"逸品"的代表，其书法造诣亦极高，诗歌意境与画
境相通，诗风近于画风，而诗、书、画在同一幅纸缣上结合，鉴
画、阅诗、品书皆集于一时，给人多重的审美享受。吴升在《大
观录》中对倪瓒题款极为赞赏："纸质光洁，诗款长题短咏参差
书于画首，如花舞空中，鸿翩天外，岚峰秀峭神清，树石老苍气
润。"倪瓒题跋之美，亦不输于吴镇。

元代绘画，随着文人的介入，画上题诗已成为增添诗情画意
的一种艺术手段。一方面如前所言，文人绘画讲究抒发胸臆，画
上题诗往往能够画龙点睛，另一方面也因为文人诗书画素养全
面，故能"附丽成观"，正如明代胡应麟言："宋以前诗文书画，
人各自名，即有兼长，不过一二。胜国则文士鲜不能诗，诗流靡
不工书，且时旁及绘事，亦前代所无也。"明清两代，随着文人
画的发展，"以题语位置画境者"渐多，如沈颢《画麈》言"衡
山翁（文徵明）行款清整，石田（沈周）晚年题写洒落，每侵画
位，翻多奇趣，白阳（陈淳）辈效之。"王概《芥子园画传》亦
言："文衡山行款清整，沈石田笔法洒落，徐文长（徐渭）诗歌
奇横，陈白阳题志精卓，每侵画位，翻多奇趣。"此后，在画上
题跋诗文成为一种惯例，而题跋落款也成为一幅画的组成部分，
诗书画印一体更加突出。对此，清代钱杜《松壶画忆》有段话可
视为画上题诗的发展简史："画之款识，唐人只小字藏树根石罅。
大约书不工者，多落纸背。至宋始有年月纪之，然犹是细楷一

线，无书两行者。惟东坡款皆大行楷，或有跋语三五行，已开元
人一派矣。元惟赵承旨犹有古风，至云林不独跋兼以诗，往往有
百余字者。元人工书，虽侵画位，弥觉其隽雅。明之文、沈，皆
宗元人意也。"

　　题画诗，有自题诗和他题诗之分，也有题于画内与画外之
分。元代，画家于己画上题诗，已成为常态，并引导了明清画坛
的发展潮流，从内容到形式上使诗画融合一体，而且元代缘画而
作的诗歌（包括题于画内与画外）也盛于前朝。在中国诗史上，
经历过唐宋两大高峰之后，元代诗歌并不突出，历来备受冷落，
但元诗有一个重要的特色，就是题画诗的兴盛。刘继才曾做过统
计："六朝及隋共有题画诗三十四首；唐有题画诗一百七十五首；
宋有题画诗一千零八十五首；而元代的题画诗竟达三千七百九十
八首；到了明代，题画诗稍有减少，有三千七百五十二首；清代
因《全清诗》尚无人编辑，题画诗的数量难以作出准确的统
计。"① 具体数目或与实际有出入，但基本上还是反映出历代题画
诗的发展情况。至于清代，题画诗数量应比元代还多，不仅因为
清代距现在时间接近，文献保存甚多，而且据朱则杰《论〈全清
诗〉的体例与规模》一文②，清代有作品传世的诗人远在 10 万人
以上，其中乾隆帝一人就多达四万三千余首，李浚之编著的《清

---

　　① 刘继才：《论元代的题画诗》，《辽宁师院学报》1982 年第 3 期，第 55 页。
　　② 朱则杰：《论〈全清诗〉的体例与规模》，《古籍研究》1994 年第 1 期。

画家诗史》亦收有两千余名画家的题画诗，虽无明确数目，但清代题画诗之盛况，由此可见一斑。

（二）画龙点睛与佛头着粪

诗歌与绘画分属不同的艺术门类，各有所长，亦各有短。画上题诗，将诗与画融合于同一白缣素纸之上，可弥补两者之短，而兼得两者之长，正如南宋吴龙翰《野趣有声画序》："画难画之景，以诗凑成；吟难吟之诗，以画补足。"而诗画相互辉映，相互引发，方不为多余，如张式《画谭》："题画须有映带之致，题与画相发，方不为羡文。乃是画中之画，画外之意。"明代沈颢曾言"一幅中有天然候款处，失之则伤局"，一幅绘画作品，画面布局已定，题写诗跋，自有"天然候款处"，若有不当，则有伤画局，题跋遂成污迹。所以画上题诗，题得好，有画龙点睛之妙，令画大增身价；题得不好，损污画面，则有佛头着粪之嫌。

1. 画龙点睛

诗歌属于语言艺术，绘画属于造型艺术，画中难以表现的事物或意境，画上题诗可以文字的形式表现，而难以用文字描述的诗意，也可借助绘画形象来补足，诗画结合。高情逸思，画之不足，题以发之，故"以题语位置画境者"，画亦由题而益妙。此即谓"画龙点睛"。

元代以来，画上题诗成为常态，元代倪瓒、吴镇、王冕等，明代沈周、文徵明、唐寅、陈淳、徐渭、陈洪绶等，清代画坛之清六家、四僧、扬州八怪等，都是当中好手。

（元）倪瓒《幽涧寒松图》
（台北故宫博物院藏）

倪瓒《幽涧寒松图》是为友人周逊学所作的一幅画，画溪涧幽谷，意境平远荒寒，两株寒松立于涧边，萧疏秀峭，超然出尘，简淡超逸。画上题诗："秋暑多病暍，征夫怨行路。瑟瑟幽涧松，清荫满庭户。寒泉溜崖石，白云集朝暮。怀哉如金玉，周子美无度。息景以消摇，笑言思与晤。"诗后系跋，言周逊学秋暑辞亲将事于官役，乃图写《幽涧寒松图》并题诗以赠之，以此表招隐之意，所以题诗劝周逊学"秋暑多病暍，征夫怨行路"，看此幽松寒泉，朝暮之白云，何不如庄周逍遥自在？倪瓒不但终生不仕，也劝亲友归隐，王蒙亦曾被他劝隐，后隐居于黄鹤山中。

（元）吴镇《草亭诗意图》（美国波士顿美术馆藏）

（元）王冕《墨梅图》（北京故宫博物院藏）

　　吴镇墨竹、渔隐山水等都是极出色的绘画作品，诗画映带，其他山水画也有不少精品，如《草亭诗意图》画平坡林木，石边林间茅屋掩映，而画中空间筑有一草亭，两位文士相对坐谈，亭外两个丫髻小童，拿着两人的手杖在外守候。看画面是一幅山水画，但画上题诗却道出了画家隐居的恬淡自适："依村构草亭，端方意匠宏。林深禽鸟乐，尘远竹松清。泉石供延赏，琴书悦性情。何当谢风尘，任适慰平生。"吴镇个性沉静孤高，读诗观画，可知其在恬淡平静的隐居生活中，心与自然相契，怡情悦性，在心境的自由平静中发现大自然的绝尘静美。

　　王冕以画梅著称于世，其画梅简练洒脱，如《墨梅图》卷，笔意简逸，枝干挺秀，穿插得势，用墨浓淡相宜，将梅花的含苞、渐开、盛开展现得清润洒脱，极得梅花的神韵秀逸，而画上题诗："吾家洗砚池头树，个个华开淡墨痕。不要人夸好颜色，只留清气满乾坤。"淡墨写出淡雅的梅花，却留清气满乾坤，又仿见画家高标孤洁的品性，诗情画意交相辉映，展示了艺术形象和人格精神的魅力。

明代绘画题诗已成为一种艺术，沈周、文徵明、唐寅、徐渭等人的传世画作，常见其画上题诗。随着题画诗的普遍，对题画诗的点睛之妙，渐有人关注评述，如谭元春《范漫翁题画诗引》曾就画上题诗道："诗人以一二语点缀，或用其境，或用其意，或旁及其它，而画之神气，反得从中而察之；画之气韵，反得从中而回之。又有因一诗一语而生画无穷者，故凡画之所不得而笥者，皆诗也。""笥"原指有专门用途的竹制容器，后引申为"装；藏"等义。题画诗以一二语点缀画面，"凡画之所不得而笥者"，亦即画所难以表达的意境及情怀，可由题画诗来揭示。

明代文人画承袭自元画又再继续发展，绘画题诗以寄兴抒情，画之形象与诗之表意，相辅相成，融为一体。如唐寅弘治十一年（1498）中应天府乡试第一，次年却因科场案下狱，以卖文鬻画为生，晚年生活清贫，画《丹阳景图》并题诗道："领解皇都第一名，独披归卧旧苫蕨。立锥莫笑无余地，万里江山笔下生。"天地之大而无立锥之地，但画笔下却见万里江山，这种巨大的反差令人感慨。这种英雄失意亦见其绘画题诗，唐寅《题自画红拂妓卷》："莫道英雄今没有，谁人看在眼睛中？"文徵明和诗："展卷不觉双泪落，断肠原不为佳人。"诗画对读，可想而知唐寅虽洒脱，对科场遭遇仍感到难以纾解。唐寅对社会风气亦多有抨击，如《题败荷脊令图》："莫言四海皆兄弟，骨肉而今冷眼看。"反映了血缘亲情关系的崩溃。《题寒雀争梅图》："头如蒜颗眼如椒，雄逐雌飞向苇萧。莫趁螳螂失巢穴，有人拈弹不相饶。"揭露了世人相争的残酷。《题栈道图》："莫言此地崎岖甚，世上风波更不平。"山路崎岖，终不及人间风波的险恶。唐寅曾因科举案下狱，出狱后感受到世情冷暖，《秋风纨扇图》画一执扇仕女，题诗："秋来纨扇合收藏，何事佳人重感伤？请把世情详细看，大都谁不逐炎凉！"诗画寓有身世之感，借以鞭挞趋炎附势的社会风气，抒发对世态炎凉、人情冷暖的愤慨之意。

（明）唐寅《秋风纨扇图》
（上海博物馆藏）

（明）徐渭《菊竹图》
（辽宁省博物馆藏）

　　徐渭时乖命蹇，坎坷多难，这令其胸中"有一股不可磨灭之气，英雄失路托足无门之悲"，使其生命意识充满了强烈的悲感，乃以诗画为寄，形之于泼墨大写意画中。徐渭素有才名，然而困于场屋，后更因发病杀妻下狱而仕路断绝。这种失意亦诉之于诗画，他常画葡萄和石榴，以明珠般的葡萄、玛瑙般的榴实比喻才华，以葡萄、榴实无人问津比喻怀才不遇，如《葡萄》组诗、《榴》《榴实》《葡萄》等。葡萄圆润如明珠，榴实籽如玛瑙，但葡萄"闲抛闲掷野藤中""谁知一颗不堪餐"，榴实也"山深秋老无人摘，自进明珠打雀儿"，"深山少人行，颗颗明珠走"。牡丹雍容华贵，历来被人视为荣华富贵的象征，但徐渭绘牡丹时，不用胭脂只用墨："墨中游戏老婆禅，长被参人打一拳。沴下胭脂不解染，真无学画牡丹缘。"以没有用胭脂画牡丹的缘分来比喻自己没有荣华富贵的命运，但亦不去强求。世事变幻莫测，人的命运仿佛被一种神秘的力量操纵，人只能像木偶一样，受其摆布，因而徐渭题《帐竿木偶图》而抒发人生如戏的感慨："帐头戏偶已非真，画偶如邻复隔邻。想到天为罗帐处，何人不是戏场人。"经历过人生诸多磨难，徐渭勘破世情，心境便显萧散平和，其《菊竹图》题诗道："身世浑如拍海舟，关门累月不梳头。东篱蝴蝶闲来往，看写黄花过一秋。"

　　除了人生情感的抒发，在明代题画诗中，世事种种莫不入于诗画，如沈周《湖乡闷雨图》画的是丙辰夏日连旬阴雨的景象，题画诗"破屋如舟只浮住，茫茫鱼鳖是比邻。频年大块无干土，何处巢居著老身。万顷水田春涝富，数声雷腹晚飧贫。诗书不饱还堪遣，开卷时时感昔人"，可想象其连旬阴雨的灾难景象。沈周《题桃源图》："啼饥儿女正连村，况有催租夜打门。一夜老夫眠不得，起来寻纸画桃源。"揭露了农村正逢饥馑，却又遭到酷吏催租，如此现实令画家难以成眠，起来寻纸画桃源。明成化年间，大学士万安把持朝政，其孙万弘璧参加科举考试，万安因知同年进士的李文祥将主持殿试，欲请其许万弘璧及第，李文祥却直言以对而拒之，万安又令万弘璧款待李文祥于别馆，请其为画鸠题诗，李文祥奋笔作诗，末句有云："春来风雨寻常事，莫把天恩作己恩"，以示讽谏，令万安含恨在心。蟹的横行特性，亦被赋予"横行霸道"的意义，故王世贞《题蟹》中的"横行能几时，终当堕人口"就道出了恣意妄为的恶人的下场。明代文化受市民经济的影响，亦多渗入了市民趣味，沈周曾为"宿田老兄"画《新春荔柿图》，并题诗作注，指明"荔柿"与"利市"谐音，乃是恭喜发财的意思。徐渭亦曾为《跃鲤图》题诗"不添一片龙门石，方便凡鱼作队飞"来祝愿他人科场鲤鱼跃龙门。徐渭还曾画过萱花，借萱花的含义来祝寿，如《赋得百岁萱花为某母寿》，既有对两家交往的追忆，又有对人事更迭的感伤，诗中真挚的情感贯注始终，不难感受到徐渭祝寿的真诚。类似的还有《题画萱，吴子痛父冤因寿其母并及之》，作画题诗贺吴母的寿诞，诗中劝吴子莫因父冤做出冲动莽撞的事来。

清代题画之风尤盛，如潘莲巢的画经常得到王文治的题诗，诗画相得益彰，人称"潘画王题"，世人颇以为珍重。题画风气之盛，由此可见。当时，很多文人画家兼能诗、书、画，几乎无画不题，力求做到"画明意亦尽"，如"清初四僧"（弘仁、髡残、朱耷、石涛）、"清六家"（王时敏、王鉴、王翚、王原祁、吴历、恽寿平）、金陵画派、"扬州八家"等，都是绘画题诗的优秀文人画家。

相较于前代题画诗，清代题画诗最突出的一点，就是带有明末清初的易代之悲和亡国之痛。明清易代，给汉族士人带来极大的冲击，绘画题诗多见诗人画家的怨愤和感伤。由明入清，遗民画家大多选择不与新朝合作，陈洪绶的老友周亮工却选择出仕清廷，陈洪绶为此绘《归去来图》卷写陶渊明逸事，欲以劝阻。这图卷分为十一段：采菊、寄力、种秫、归去、无酒、解印、贳酒、赞扇、却馈、行乞、漉酒，其中"解印"一段有题辞："糊口而来，折腰而去，乱世之出处"，其良苦用心和守节之志由此可见。萧云从大约与陈洪绶同时，从明亡起画《离骚图》《九歌图》《国殇图》等，均取材于"眷恋故国"的屈原的作品，其用意于《九歌自跋》中可知："余老画师也，无能为矣……取《离骚》读之，感古人悲郁愤懑，不觉潜然泪下。"后渐生归隐之意，画《青山高逸图》跋道："画青山而隐"，然而其题诗"写成茅屋何能隐？寄到秋诗不忍看"，归隐并非素志所在，可见其内心的矛盾。

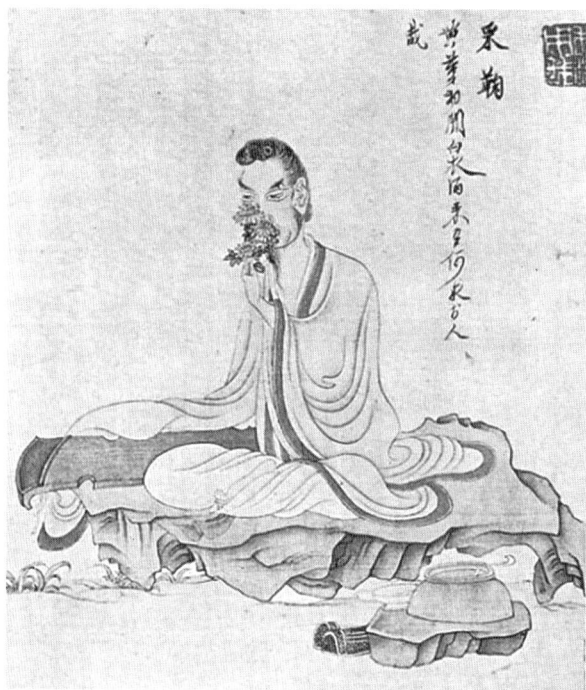

（明）陈洪绶《归去来图》之"采菊"（美国檀香山火奴鲁鲁艺术学院藏）

（明）萧云从《九歌图》之"山鬼"（版画）

明亡时，项圣谟已四十多岁，顺治三年（1646）作《题秋山红树图》："前年未了伤春客，去岁悲秋哭未休。血泪染成林叶醉，至今难写一腔愁。"前年""去岁""至今"，这三年以来，血泪染成的秋山红叶，亦难以写出一腔愁绪。同年还作有《山水诗画册》，题跋："六月雪篇有时变之感，望扶桑篇有故国之思，诗史之董狐也。"项圣谟喜画老树和高大乔木，其传世名作《大树风号图》，画上题诗："风号大树中天立，日薄西山四海孤。短策且随时旦暮，不堪回首望菰蒲。"图中淡淡远山，近山坡处孤零零一棵粗壮的大树，树干挺直，树端枝丫繁密，塞满空间，枝上无一片剩叶，似因大风怒号，落叶殒尽，可想象故国败亡，百姓飘零；树下一老人，拄杖背向而行，侧首仰望远处，已是不堪回首萧瑟故国处。然而，项圣谟为其友胡幼蒋画的《写生册》中，第五页画一株盘曲虬结的古松，题道："幼蒨有盆松，古怪之极，余喜而图之，翻盆易地，志不移也。"乃以古松自喻，纵"翻盆易地"，仍矢志不移。

宋元易代，郑思肖画无根兰花，以示"土被番人夺去"，故倪瓒题诗有"泪泉和墨写《离骚》"句。归庄在清兵进军江南时，曾与昆山士民据城抗清，城陷后，着僧服亡命他乡，其《题墨竹为吴鹿友相公》以竹寓志："画竹不作坡，非吾土也。荆棘在旁，终非其伍也。亭亭高节，落落贞柯，严霜烈风，将奈我何。"归庄学郑思肖画无根兰花，"画竹不作坡"，因"非吾土也"。查士标也经历了明清的换朝更代，在为其女婿所作的山水画上的题诗，亦不难体会到他的感伤和遗民情怀："剩水残山似梦中，天涯飘泊一孤篷。欲谈往事无人识，避地如今是老翁。"

（明）项圣谟《大树风号图》

（北京故宫博物院藏）

（明）朱耷《牡丹孔雀图》

（刘海粟美术馆藏）

　　末世王孙朱耷遭国变后，家人相继去世，自己亦削发为僧，后又做了道士，而心怀国仇家恨，乃托之于画，故其画"横涂竖抹千千幅，墨点无多泪点多"，所画鱼鸟，"白眼向人"，以示对这个世界的反抗，绘画题诗也表明了坚定的民族立场和对变节者的蔑视。如《牡丹孔雀图》，以独特的绘画语言对变节者进行辛辣的讽刺。画中牡丹、竹叶从石壁间倒挂下来，石壁下一块石头上，站着两只白眼向天的孔雀。图中石头尖而不稳，孔雀尾巴仅有三根雀翎，朱耷题诗道："孔雀名花雨竹屏，竹梢强半墨生成。如何了得论三耳，恰是逢春坐二更。"诗中"三耳"是化用了《孔丛子》中"臧三耳"的典故，有个奴才，叫臧三耳，因为人都有两耳，而奴才需要三耳，一为主子打听消息，二为领会主子意思，所以"三耳"是奴才特有。"坐二更"则是指大臣二更天坐等上朝。图中孔雀正是头顶花翎的清朝官员，孔雀尾巴仅有三根尾羽，正是影射清朝官员的奴才相，讽刺这些汉族官员屈膝求荣、投降新主的奴才丑态。对这种贰臣，朱耷的讽刺是毫不留情的。再如其题雪景诗，以雪姑鸟为喻，嘲讽其变节："大雪小雪笼中鸟，只为旁人唤雪姑。放去收来多少伴，既从姑去又从夫。"

中国绘画，经过历代的发展，到清代已成熟，甚至出现不少画谱，对以前画法画技进行总结。画上题诗，经过元明两朝的发展，到清代也有不少人总结。清代绘画，从王时敏、王鉴、龚贤、郑板桥、金农、罗聘、高翔等人起，其绘画题诗，诗画融合一体，各呈其艺，百花齐放。石涛几乎每画必题，抒情寄怀，谈画论理，优游从容其间，水墨粉彩，渲染浓淡，涂扫点抹，各有姿态，而题写的字体、用墨浓淡及题诗的位置，亦随画而定。石涛《花卉图》册十帧就呈现了十种艺术形态，颇为可观。

第一帧，在底部浓墨写竹枝，再用墨画桃花一枝，点缀粉桃绿叶，在画面空白处，用端正的行楷题诗："地湿沙青雨后天，墙头春杏正鲜妍。水边新燕衔泥蚤，花下蜻蜓戏蕊先。买醉江南好亭榭，放歌曲里快蹁跹。一枝我意簪冠去，且与狂夫是为联。"款署"苦瓜老人雨花深雪"。

第二帧，画红、白两枝碧桃，宛似空中飞花，红桃桃叶尚带工意，而白桃桃叶即用水墨涂抹写意而成，故底下题诗的行书就大大小小、浓浓淡淡，随意而有法度，亦宛似落花瓣瓣："红红白白景如攒，人面枝枝带笑看。却恨有花无好月，夜深犹自倚栏干。"款署"清湘老人济"。

第三帧，画一枝海棠自右向左斜伸，花叶各以写意涂抹而成，左下角空白处以行草题写诗歌，真有几分不羁放浪："老于无事客他乡，今日吟诗到海棠。放浪不羁行迹外，把将卮酒奠红妆。"

第四帧，以水墨大写意涂抹荷叶，浓淡向背，再以墨线勾勒荷花，而题诗不题于左上空白处，反题于浓墨抹扫的荷叶，此即所谓"每侵画位，翻增奇趣"者也："新花新叶添新涨，偏称晚风花气长。花插胆瓶烧烛赏，叶馀水面覆鸳鸯。"款署"苦瓜老人济"。

第五帧，一枝斜的水墨写意菊花，菊花簇拥成团，枝条柔弱，似不胜其重，行草题诗："西风颇解余意，篱根吹绽黄花。

不独晚山月上，张灯且试欹斜。"款署"瞎尊者原济"，题诗顶头四字重墨，其中"斜"字尤有意思。

第六帧，连工带写地画素兰一丛，兰叶飘逸翻飞，生意益然，兰花两朵，一盛开一含苞，令人于画外亦似闻其馨香。楷书题诗："春兰夏蕙年年赏，忙煞花奴品石前。莫把真香比凡卉，悠然空谷至今传。三春谁不花前语，岂是王香写得完。欲赠依人凭斗墨，拈来纸上四时看。"款署"清湘老人济"。

第七帧，于平坡上画秀石一块，石旁两枝秀竹，又以白描勾勒出一株水仙，香远益清。右上空白处题诗道："君与梅花同赏，岁寒独许争夸。暖日晴窗拈笔，几回清思无涯。"款署"清湘小乘客济漫设"。

第八帧，画蜀葵一枝，以水墨涂抹枝叶，再以淡墨白描一朵白蜀葵，黑白相对，浓淡变换，颇有生意，旁边空白处以大字题诗："爱尔绝无脂粉，向阳颇露精神。溽暑茅堂独对，素质清洒逸人。"款署"瞎尊者原济半砚斋头"。

第九帧，画一倒挂木芙蓉，绿墨写意叶子，再涂抹粉红芙蓉花，细细画出花瓣脉络，枝头再添数朵花苞。空白处大字题诗："人在云霞影里，鸟飞锦帐之中。阵阵晚风摇落，举杯月色朦胧。"款署"老涛"。

第十帧，画墨梅一枝，枝条斜伸欹曲，枝头点缀朵朵白梅，右边空白处楷书工整，题诗道："三分苦绿惟馀竹，一点酸香冷到梅。尽日无人且琢句，百年有限漫停杯。裁诗可记馀生梦，作赋徒劳楚客才。吟赏终然多事甚，任他春去与春来。"款署"石道人济广陵树下"。

潘天寿曾评价清代题款："中国画题款到清代有高度发展。在画中配合金石、书法、诗词，如做菜时放点葱、花椒，使人感到有刺激性，变化多，增加食欲。"画上题诗，诗、书、画三者兼备，读诗品画赏书，诗情画意，诗画相配而构成百变的艺术形态，确实令人回味无穷。不过，画上题诗也并非都是如此令人回味，若是不当，则诗画犹如"同床异梦"。

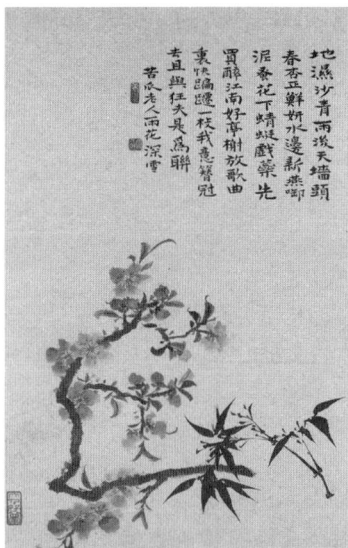

（清）石涛《花卉图》第一帧　　　（清）石涛《花卉图》第二帧

（清）石涛《花卉图》第三帧

（清）石涛《花卉图》第四帧

（清）石涛《花卉图》第五帧

（清）石涛《花卉图》第六帧

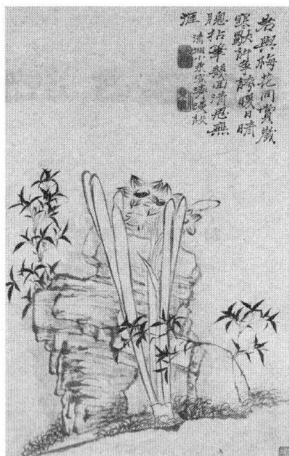

（清）石涛《花卉图》第七帧

（清）石涛《花卉图》第八帧

（清）石涛《花卉图》第九帧

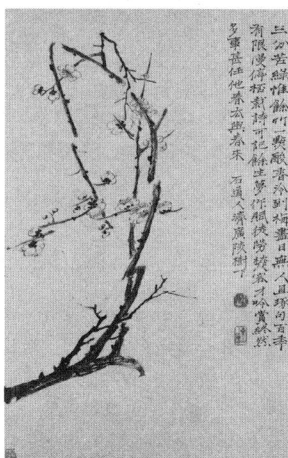

（清）石涛《花卉图》第十帧

2. 佛头着粪

随着绘画题款的普遍发展，而诗人画家水平的参差不齐，因此，画上题诗也有好有坏。题得好，则是画龙点睛；题得不好，则是佛头着粪。正如沈颢所言，一幅绘画中，自有天然候款处，失之则伤局。画上题诗，有自题己画，亦有他题。传世的古画，在鉴藏家手中辗转，几经流藏品题，这时最怕俗手题坏，正如邵梅臣《画耕偶录》中所记："近人诗曰：'画好时防俗手题'，古人佳画，往往被俗手题坏，真大恨事。"钱杜亦曾言："画上题咏与跋，书佳而行款得地，则画亦增色。若诗跋繁芜，书又恶劣，不如仅书名山石之上为愈也。或有书虽工而无雅骨，一落画上，甚于寒具油，只可憎耳。"书佳而行款了得，画为之增色，若书款繁芜恶劣，则不如不题画，学唐宋时人，画不题款。至于书法虽工整而无雅骨，比油污画面更为可憎。可见，题诗于画，诗、书、画三者俱佳，方为上佳，当中有一瑕疵，则是白玉微瑕，而非全璧。

清代郑绩《梦幻居画学简明》概述了元明两代题款的发展："唐宋之画，间有书款者，但于石隙间用小名印而已。自元以后，画款始行。或画上题诗，诗后志跋，如赵松雪、黄子久、王叔明、倪云林、俞紫芝、吴仲圭、柯敬仲、邓善之等，无不志款留题，并记年月。为某人所画，则题上款，于元始见。迨沈石田、文衡山、唐子畏、徐青藤、陈白阳、董思白辈，行款诗歌，清奇洒落，更助画趣。"然而题款到了近世，却产生了不少鄙俚匠习，有的是书法不佳：

> 或画颇得意味，而书法不佳，亦当写一名号足矣，不必字多，翻成不美。每有画虽佳而款失宜者，俨然白玉之瑕，终非全璧。

有的是落款失宜，或书、画不相称，或款、画不相称：

> 在市井粗率之人不足与论，或文士所题，亦有多不合位置。有画幼而款字过大者；有画雄壮而款字太细者；有作意笔画而款字端楷者；有画向面处宜留空旷以见精神，而乃款字逼压者；或有抄录旧句或自长吟，一于贪多书作画局者。此皆未明题款之法耳。不知一幅画自有一幅应款之处，一定不移。如空天书空，壁立题壁，人皆知之。然书空之字，每行伸缩应长应短，须看画顶之或高或低，从高低画外又离开一路空白，为画灵光通气，灵光之外方为题款之处，断不可平齐四方，刻板窒碍。如写峭壁参天，古松挺立，画偏一边，留空一边，则在一边空处直书长行，以助画势；如平沙远荻，平水横山，则平款横题；如雁排天，又不可以参差矣。至山石苍劲宜款劲书，林木秀致当题秀字，意笔用草，工笔用楷，此又在画法精通、书法纯熟者方能作此。

郑绩所言，主要是从画家的角度对题款的错误进行技术性的指正。一幅绘画完成后，若有名人题款，则画可倍增其价，又或画以赠人，友人题诗以示纪念，而绘画在历代的流藏中，也有不少藏家品画题诗，又或请名家赏鉴题诗，以表明为传世真迹，或以此增值，诸此种种。绘画除了画家自题外，也有不少同时代或后世人的题款，这种题款，常令绘画有污损之灾。

黄公望《沙碛图》，张丑对此画大为赞赏，然而对钱鼏的题款，却又大为痛恶，痛心不已："一峰道人《沙碛图》，纸本，低头短卷，行笔细润，布景清嘉，是袖卷中之不易得者。后有饶介之等题咏。品与倪元镇《耕云画卷》相后先，的为名迹无疑耳。"尔后小字旁注道："惜本身空处，钱鼏以恶札污之，每阅未尝不痛心也。"

明代画家宋旭的《雪居图》，画古松三株，粗壮虬劲，高可参天，松间一茅屋，屋后数丛雪竹，而屋前一湖石，嶙峋通透。松下茅屋内，三位文士坐立话谈，两童子煮茶侍候，一童子则在庭院扫雪，回首视屋内。此幅雪景图，通过烘染的方法画雪景，用淡墨满天烘染，而以留白表现松针、丛竹、茅草屋顶和地面，以示落满积雪。湖石以留白与烘染相结合，表现积雪堆在湖石上面，而松树树干画松鳞，并以淡赭色渲染，留白表现树干上薄薄的积雪。由于用了生宣纸作画，以湿笔涂染天空时，笔触周边会出现白边，不能像绢画那般均匀，而这种不均匀反而使天空看似彤云密布，雪意更深。画中雪境萧瑟，寒气逼人，屋内文士围炉煮茶清谈，却又见逸情雅意。此画甚佳，然而画上的题诗，密密

（明）宋旭《雪居图》（吉林省博物馆藏）

集集地侵占画位，却破坏了意境。在这幅画中的留白处，如湖石、树干、屋墙、户牖及屋内屏风，长长短短地题满了二十一首诗歌，其中松干题九首，湖石题四首，雪地题二首，屋墙、户牖及屏风共六首，诗后款印，点点殷红，在雪景中尤显刺眼。

石涛《花卉图》第四帧，在荷叶上题诗，翻多奇趣，而《雪居图》的题诗，过多过滥，对画境造成了破坏。这种行为，最早是从画家本人开始的。因为构图饱满，留予题诗的位置已不多，而此幅又以烘染法表现雪景，可题诗的位置已用墨涂抹，已无法题诗，所以画家只能在湖石突出的一角上题诗："雪居图并题 积素满庭除，浮光足映书。更看供瀹茗，幽兴复何如？"款署"石门宋旭"。若止于此，尚不至于破坏画境，反而据画景位置题诗，更增奇趣。然而，文士诗人之间的应酬唱和，并于画上题诗的这种风气，并未止于此，陈继儒、朱朝贞、程濂、齐颜、王元贞等人相继题诗画上：

夜启山牖，淡而无风。月直松际，鸡鸡雪中。（眉公）

映案世东皋，曳履岂东郭？太守高袁卧，傲节聊自托。（朱朝贞）

东皋栖隐处，雪色满江村。不是袁家卧，人传太守门。山苍连竹榻，湖白映萝轩。莫讶书常读，家贫旧姓孙。（新都程濂）

积素压茅檐，阶前忽几尺。中有拥炉人，幽赏自成癖。（张齐颜）

万里飘朔风，千林凝冻雪。一室僵卧人，冰心励清节。（冯大成）

昨题郁林石，今见空桑坐。为问画者谁？芦中堪鼓柁。（宋守一）

举世涅且缁，独君知守白。一麾汉阳郡，贤哉二千石。归来治精庐，肯构藐姑射。昔有白玉堂，因之雪为宅。墨池恣挥毫，瑶宫洒玄液。诗画互骋华，获之如拱璧。游宦傲冰霜，投闲茹梅蘖。但与雪相宜，羞见眼前赤。（钱塘张振先）

朔气初凝，暮序玄云，未散朝暾。先生僵卧，快读具令，无烦扫门。（叶之经）

兀坐深林间，幽人怨往还。怡然心爽处，积素满空山。（王从厚）

茅屋深藏，一壑苍虬，带雪纵横。有容携尊，问字呼童，扫径相迎。（许世奇）

象光华色，都涵太素中。主人冰玉质，幽抱正相同。（郑复亨）

城中十万家，此地雪最大。县令不扫门，谁识袁安卧？不美梓泽园，惟美汝南宅。寂寞廉吏心，门前雪几尺。（汪道会）

世情竞丰屋，素节贪幽居。绛雪馥兰林，佳气犹充阁。（陆万言）

丛薄霭霏霏，清泉流决决。争驰陌上金，何以东皋雪。（陆万里）

太守人如玉，超然爱雪居。缘知清白操，不愧五车书。（王世科）

青松出涧壑，千里闻风声。小草有远志，相依在平生。（□□□）

结屋傍岩穴，寒松挺孤节。幽人抱幸心，生对千山雪。（沈世卿）

太守栖真处，东皋有数盈。秉心悬水镜，对客拥茶铛。自托袁安卧，人高曾子耕。长空一片雪，堪比使君清。（何三畏）

太华飞雨处，万玉映斋时。不鼓山阴棹，长赓兔苑诗。（白下王元贞）

黄州有雪堂，汉阳有雪居。贤哉二刺史，旷世咸受虚。（施友龙）

从题诗来看，此画应是宋旭为某太守而作，而众人的题诗赞美太守的清廉高洁，多是应酬之辞。所以，从其文化意义来看，这二十一题诗的价值亦显得泛泛。此图是立轴画，若是卷轴，众人题诗或可另纸题写，再装裱成长卷。此图的雪景画法以及立轴形制，均不宜于画上题诗，而这密密集集、长长短短的二十一首题诗，侵占了画位，破坏了画境，就有"佛头着粪"之嫌了。

自元代以来，文人绘画精神内涵的强化，画家的自题诗或有助于观者解读画家的含意，同时人或后人的题诗，观画兴意而抒怀，也可丰富绘画的内涵，甚至诗人画家的唱和，亦记录了彼时文坛画坛的交流情况，但毫无营养的题诗，过多地题于画面之上，对绘画而言，实在是一种劫难。在中国画史上，因题画而玷污画面，最臭名昭著的应是清朝乾隆皇帝。乾隆一生作诗四万三千余首，《全唐诗》共收两千两百多名诗人的诗作也不过才四万八千余首而已。这些诗歌，虽然被当时文臣评赞为"金声玉振，涵盖古今"，"神龙行空，瞬息万里"，却大都平庸乏味。糟糕的是，乾隆不但爱舞文弄墨，而且爱题字，举凡名胜古迹、建筑牌匾、文房摆设、书画珍玩，无不有其"御题"的字迹，而且乾隆还喜命文臣联句唱句，好些文物古玩被题得密密麻麻。清代钱谦益《绛云楼题跋》："余观古人书画，不轻加题识。题识芜烦，如好肌肤多生疖疣，非书画之福也。"乾隆显然无此意识，他只管抒怀尽兴，在传世书画珍迹上一题再题。而且，乾隆的书法学赵孟頫，但写得"形似胖昏鸭"，犹如"死蛇挂树、蚯蚓走泥"。石建邦撰文嘲讥："题满画幅，将一件画作弄得牛皮癣般伤痕累累，非惟割裂整体构图，对观赏者也是一种强奸。"①

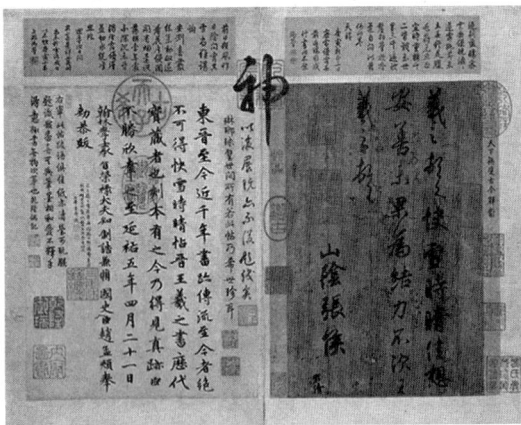

（晋）王羲之《快雪时晴帖》（台北故宫博物院藏）

书画题款后一般钤上款印，书画收藏者亦有自家的鉴藏印，也会在画上钤印，以示己藏。若钤印过多，遮盖画面，亦成蛇足，如清代吴升称倪瓒《溪山亭子图》为"迂翁诸品中之大有力量者"，然而诟病于其藏印过多："前后题大字可玩，耿氏藏印太繁，不无蛇足之嫌耳。""耿氏"指的是清初耿昭忠、耿嘉祚父子或耿氏家族，其家富于书画收藏。乾隆除了爱题辞外，还爱钤

---

① 石建邦：《天下第一装逼犯：乾隆（上）》，《东方早报·艺术评论》，2012 年 7 月 30 日第 C15 版。

印。除了款后钤印外，乾隆还爱在书画上盖鉴藏章，而且习惯盖全八玺："乾隆御览之宝"椭圆朱文印、"乾隆鉴赏"正圆白文印、"石渠宝笈"长方朱文印、"宜子孙"方形白文印、"三希堂精鉴玺"长方朱文印、"石渠定鉴"圆朱文印、"宝笈重编"方形白文印、"石渠继鉴"方形朱文印。其中一枚巨型方印"乾隆御览之宝"硕大无朋，盖在唐人摹本《王羲之姨母帖》上，一下就遮盖了九个字，赵孟頫《水村图》亦盖有此印，印章比图中的山水树木还要大。鉴藏章一般迎首压角或印在隔水处与天头地脚，乾隆却是不管不顾，无论是画心还是书体，任性而为，如三希堂所收王羲之《快雪时晴帖》、王献之《中秋帖》和王珣《伯远帖》被乾隆题跋和印章填盖得满满当当的，其中《快雪时晴帖》前后题记七十多处，印章十多个，再如《吹箫仕女图》，大小图章盖了几十枚，画面红彤彤一片。

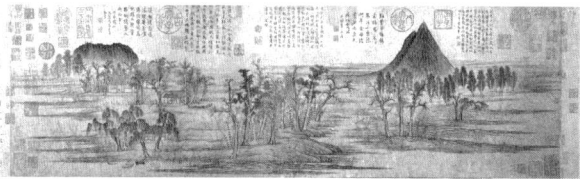

（元）赵孟頫《鹊华秋色图》（台北故宫博物院藏）

乾隆极爱赵孟頫的书画，这让赵孟頫的书画"很受伤"，如《幽篁戴胜图》《红衣罗汉图》《二羊图》《鹊华秋色图》等，均因乾隆密集的题跋印章而有所损污。石建邦曾撰文《天下第一装逼犯》发表于《东方早报·艺术评论》，言语犀利辛辣地嘲讽乾隆的这种行为，当中曾言："我觉得很有必要出一本画册，将画中他的图章题跋全部用电脑去除，以还书画名作被'糟蹋'前的面目，回归艺术的处子之身。"① 石建邦此文发表后，引发今人对乾隆的指责，讥其诗为"打油诗"，并因其爱题字盖印的行为，又嘲为"牛皮癣之父""点赞狂魔""毁画不倦""狗皮膏药到处乱贴"，可见世人之怨怒。

（元）黄公望《富春山居图》（子明卷）（台北故宫博物院藏）

---

① 石建邦：《天下第一装逼犯：乾隆（上）》，《东方早报·艺术评论》，2012 年 7 月 30 日第 C15 版。

　　黄公望《富春山居图》被誉为"中国十大传世名画"之一，有"子明卷"和"无用师卷"，经过当今学界的考辨，"子明卷"是摹本，"无用师卷"才是真迹。这两卷画中，"子明卷"被乾隆鉴别为真迹而备受珍爱，每每于画上题字、赋诗、钤印，空白的地方乃至山石水面无一幸免，均被填满，后来实在无处可题，又在前后隔水处题了两条跋语，红印黑墨，使得"子明卷"仿如乌云蔽日，一副了无生气的板滞模样，已是面目全非。真迹"无用师卷"因被认为"赝鼎"，反而逃过一劫，得以保全清白，免于玷污。

　　乾隆十年（1745）冬，乾隆偶得黄公望《山居图》（即"子明卷"），次年间，题数跋怀疑此图是《富春山居图》。乾隆十一年（1746）冬，乾隆又从三韩安氏（安岐、安元忠家族）购进《富春山居图》（即"无用师卷"），经过与群臣的鉴赏品评，乾隆鉴别"子明卷"为真迹，"无用师卷"为"赝鼎无疑"。乾隆十二年（1747）春，乾隆对辨明真伪颇为得意，在"子明卷"题识道："余既辨明此图即《富春山居图》，乃叠旧韵，更为长歌，以书其后。"此后，乾隆对这幅"子明卷"珍爱有加，前后五十年间每每在卷上题跋吟咏，宿雨初晴时、快雪时晴时，又或梅雨初霁时、夜雨初霁时，展卷赏玩，忻然有会，乃题跋寄兴；乾隆出外巡游时，也会携此卷随行，每有与画境相印处，辄题跋以纪，摘录数则如下：

辛亥春，携卷至田盘，与名境相印，又一胜事。

淀池舟行，见梁笱，印之图中，益知鱼家生计。

此图数随行笥，甲戌东巡至吉林，驻跸松阿里江上，沙渚烟郫，恍然图中胜处，因于行在展卷，书之时八月九日边，御识。

由吉林进英峨门抵盛京，山川浑厚，云树华滋，惜不令子久妙笔一为写照……

辛未南巡，登灵岩山，南眺具区，一望平远无际，仿佛此段景色。

水营一律淀池风景，宛如江乡，惟欠佳山耳。船窗展卷，如对富春。

予南巡四至浙江，富春皆未到也。或眺于山阴道中，或见于云栖江岸，或寄想于尖塔海壖。今来坐观潮楼，目送银涛，远平春渚，一峰长卷，仿佛遇之，则入山而身立画中，何如望山而画在目前耶？兹行既辨浙江涛、广陵涛疆域之舛，与前此考订山居真赝事颇相类。予之不欲蓄疑，固不以小大歧视耳。

不见富春山色已十五载，今春过云栖山径，江光云影，远映层岚，宛如子久笔端神韵，兹偶一展阅，益洽我心矣。

如此这般，五十年间，画卷中御识题跋共有五十六则，大多为题诗和乘兴偶跋。后来，实在再无地方可题，乾隆终于在隔水处题："以后展玩，亦不复题识矣"。这是乾隆最后一则题跋，从款后钤印"太上皇帝""十全老人"来看，这时乾隆已退位了。

中国山水画被誉为"山水写照"，令文人雅士足不出户而可卧对神游，乾隆题跋中言"行万里路者，恐不如我坐游所得多耳"，而且携画卷随行，展卷与山水印照，每每有会心之处，乃题识纪事，亦不失为风流雅事，令人读来亦觉得兴味盎然。如能另纸题跋，再装裱于卷后，诗画对读，想是美事一桩。可惜的是，密密麻麻地题于画上，玷污画面，破坏画境，其行为倒类似于今日旅游的恶习，每至一处，辄题"到此一游"，有损名迹。

3. 题画当用心经营

画上题诗，既可画龙点睛，又易于佛头着粪，就不得不用心经营了。画无定法，画上题诗亦无铁则，如徐渭、石涛、郑板桥等人，每有打破陈规之处，反而另得奇趣。不过，经过历代的发展，及至清代，绘画已到了一个总结的阶段。所以，清代有多本画谱，总结绘画技法，用以指导学画者。这些画谱，介绍了不少画上题款的规则及避忌。

钱杜《松壶画忆》言题款时需要好好斟酌："落款有一定地位，画黏壁上细视之，则自然有题跋赋诗之处，惟行款临时斟酌耳。"方薰《山静居画论》亦言题款乃画后之经营："古画不名款，有款者亦于树腔、石角题名而已。后世多款题，然款题甚不易也。一图必有一款题处，题是其处则称，题非其处则不称。画故有由题而妙，亦有题而败者，此又画后之经营也。"可见画家对题款的重视。

一幅画中有天然候款处，失其所，则有伤画局，所以邹一桂在《小山画谱》里指出题画若有数行，则宜"齐头不齐脚"，而且最好用行楷书写：

画有一定落款处，失其所，则有伤画局。或有题或无题，行数或长或短，或双或单，或横或直。上宜平头，下不妨参差，所谓齐头不齐脚也，如有当抬写处，只宜平抬，或空一格。又款宜行楷，题句字略大，年月等字略小。

孔衍栻《石村画诀》则指出题款要补画之空处，且不可侵占画位，字体不要草率简陋：

画上题款，各有定位，非可冒昧，盖补画之空处也。如左有高山，右边空虚，款即在右；右边亦然。不可侵画位，字体勿苟简。

以上只是题画的一般法则，个性鲜明的画家是不会被成规所缚的，如徐渭、石涛、郑板桥、金农、李鱓等，率兴而为，诗画反而另有一番趣味，极有个人艺术特色。不过，这种大胆率性的创造，也有守古者出来反对，如清代戴以恒《醉苏斋画诀》将这种打破陈规的题法称为"江湖气"，为画家之大忌："若嫌款字不称意，行书引本预先备。仿某仿某各有类，要将年月排在内。下款称呼己名字，除出上款抬头外，忽高忽低最奇怪。高高低低江湖气，我辈落笔是大忌。"

　　绘画题诗，要求诗、书、画俱佳，三者有一缺陷即有如白玉微瑕，终非全璧。古代文人画家，诗、书、画一般都具有一定的水准，但三者都能达到同一高度毕竟还是少数。清代盛大士要求画中诗词题跋"须以清雅之笔，写山林之气"，如果"抗尘走俗，则一展览而庸恶之状不可向迩，溪山虽好，清兴荡矣"，但人各有能亦有不能，或长于画而短于诗，或优于诗词而绌于书法，如此即"只可用其所已能不可强其所未能"，没有题跋的妙画同样可以流传于世。而且题画行款"须整整斜斜，疏疏密密，真书不可失之板滞，行草又不可过于诡怪。总在相山水之布置而安放之，不相触碍而若相映带，为行款之最佳者也"。

　　行款之最佳者，应是画款不相触碍而若相映带，即题款与绘画相得益彰，交相辉映。题款可进一步阐明画意，诗画相映带而为整个画面增加新的情致与景致。潘天寿在《谈谈中国传统绘画的风格》①也谈到中国绘画因为题款的发展，将诗文、书法、印章等艺术综合于一体，彼此发挥着相互的艺术功能，题款的书法，与画面调和配合，起到点题及说明的作用，而且能丰富画面意趣，加深画境，启发观众的想象，增加绘画的文学与历史意味，同时还在画面布局上起到均衡的作用。

──────────

　　① 潘天寿：《谈谈中国传统绘画的风格》，见《潘天寿美术文集》，北京：人民美术出版社1983年版。

中国绘画发展到了近代，文人画的弊病益发明显，为寻求新的发展，对题款亦有新声。如高剑父《我的现代画（新国画）观》："我以为应该打破这传统观念，赤裸裸地自我表现，我用我法。要这么写就这么写，要这么题就这么题，不管是诗，是词、赋、歌、曲，即童谣、粤讴、新诗、语体文，凡可以抒发我的情感，于这幅画有关系的，就可以题在不碍章法的地方。"① 高剑父要求打破传统观念，"我用我法"，追求自我表现，凡是能抒发自我情感的，均可题在不碍章法的地方。这反映了日益萎靡的国画在新时代寻求突围与发展。

画上题款，原本称之为"画媵"，乃为随嫁、妾的地位，但发展到后来，题款与书法、绘画、印章就成为艺术的综合，而非为画之附庸。刘海粟要求画上题语，不但要彼此辉映，即使分开，也要有各自的艺术生命力："题画不是卖弄文采和书法，而是为了内容和形式上的必需。题和画应当互相辉映，浑然一体。即使分开来，也要各具独立的艺术生命，而不是附庸。有时题中有画，画外有题，要有弦外之音，让读者去发掘、想象。填得太满反而求多得少，弄巧成拙。要尊重和相信读者的创造力，任何艺术品没有欣赏者用自己的生活和想象去补充，是不能震撼人心的。至于字的大小，题的位置、长短，用什么印章，都能反映出

---

① 高剑父：《我的现代画（新国画）观》，见《广东现代画坛实录》，广州：岭南美术出版社 1990 年版，第 258 页。

作者美学修养。"①

　　从以诗意为画，到诗缘画而作，再到画上题诗，进而要求诗画映带，最后追求"我用我法"，题与画既为综合，分开亦具有个体的艺术生命力，这都是诗歌与绘画的融合发展。题画诗的发展繁盛，与文人画的发展同步。实际上，从苏轼提出"诗中有画，画中有诗"及"诗画本一律"，再到题诗于画，诗画从内容到形式上融合一体，已昭示着文人画的成熟。

---

　　①　周积寅、金建荣：《刘海粟谈艺录》，郑州：河南美术出版社 2000 年版，第 66 页。

四　文人画：诗画合一

　　文人画，又或称"士人画""戾家画"，以别于民间画工和宫廷画家的职业画师画。陈师曾在《文人画之价值》中开宗明义地说："何为文人画？即画中带有文人之性质，含有文人之趣味，不在画中考究艺术之工夫，必须于画外看出许多文人之感想，此之所谓文人画。"①　文人画要有文人之性质、文人之趣味，是因为文人画受文学之浸润良多，文人士大夫游心翰墨，寄情山水，心中有此一段意思，乃借笔墨为摅写之具，又因未受到严格的绘画技能训练，故不求画之形似与否，"唯以其人品高尚，文学丰富，诗意优长，书法超逸，故所作虽不精工，亦自有一种秀逸高雅之气，扑人眉宇"，此即所谓"逸品""士气""书卷气""无纵横习气"也，与职工画师画的形似逼真和装饰性区别开来。文人画的一个重要艺术特点，就是诗、书、画一体，三者异迹同趣，形成一个艺术整体。

---

　　①　陈师曾：《中国文人画之研究》，北京：中华书画出版社1991年版，第1页。

（一）诗情与画意

文人画的概念，最早是宋代苏轼提出的"士人画"，元代钱选又提出"戾家画"，明代董其昌最后提出"画分南北宗"与"文人之画"，顺应了中国画史的发展潮流，也主导了明清画坛。文人画最突出的艺术特色是融诗、书、画于一体，而且诗意又可补画意，并丰富画意。

1. "文人画"与"画分南北宗"

宋代苏轼最早在《跋宋汉杰画山》中提出"士人画"："观士人画，如阅天下马，取其意气所到。乃若画工，往往只取鞭策皮毛槽枥刍秣，无一点后发，看数尺许便倦。汉杰真士人画也。"苏轼将士人画与画工画相对而言，褒扬士人画之"意气"，不满于画工画过分追求皮毛等琐屑细节，反映了文人追求神韵而不求形似，此可谓文人画之先声。后由宋入元，文人士大夫寄情于画，在创作与画论上推动了文人画的发展，文人画家与画论者逐渐有意识地将文人画与画工画区分开来。

元末明初，曹昭《格古要论》记载了赵孟頫与钱选的一段对话："赵子昂问钱舜举曰：'如何是士夫画？'舜举答曰：'戾家画也。'子昂曰：'然。余观唐之王维、宋之李成、郭熙、李伯时，皆高尚士夫所画，与物传神，尽其妙也。近世作士夫画者，缪甚也。'"钱选认为士夫画即为戾家画，赵孟頫也表示赞同，并言唐宋士夫画皆注重"与物传神"。戾，古时亦作隶、利、力，戾家后来被明清论画者衍变成隶家或利家。戾家画等同于士夫画，是相对于职业画家而言，是与行家画相对的。

明代，文人画随着自身的发展，渐成画坛洪流，戾（利）家与行家的区分渐为时人所接受，如何良俊《四友斋丛说》："我朝善画者甚多，若行家当以戴文进为第一，而吴小仙、杜古狂、周东村其次也。利家则沈石田为第一，而唐六如、文衡山、陈白阳其次也。"再如屠隆《画笺》亦强调"士大夫画"追求气韵生动以得天趣，与画工画追求"物趣"相别以示高下："评者谓士大夫画，士独尚之，盖士气画者，士林中能作隶家画品，全法气韵生动，不求物趣，以得天趣为高。"

随着戾家画与行家画的区分，詹景凤《跋元饶自然山水家法》提出山水画有"逸家"与"行家"两派之分："山水有二派，一为逸家，一为作家，又谓之行家、隶家。"其中"逸家"始自王维、毕宏、王洽、张璪、项容，其后宋、元、明三代有荆浩、关仝、董源、巨然、燕肃、米芾、米友仁、"元四家"、沈周、文徵明等人，"行家"始自李思训、李昭道及王宰、李成、许道宁，其后有宋、明两代赵伯驹、赵伯骕、马远、夏圭、刘松、李唐、戴进、周臣等人。而兼得"逸家"与"行家"之妙的，以范宽、郭熙、李公麟为之祖，其宋、元、明三代有王诜、赵幹、宋迪、马和之、陆广、曹知白等人。如果文人学画，须以荆、关、董、巨为宗，若笔力不逮，即以"元四家"为宗，亦不失为正派。但南宋画院及明朝院派，虽有生动，而气韵索然，非文人所当师也。可见，行家与逸家的区别，仍在一"气韵生动"上。陈继儒在《偃曝余谈》中亦言"山水画自唐始变，盖有两宗"，其分法亦与詹景凤相类，但有所出入。詹、陈等人的说法，引导出董其昌的"画分南北宗"与"文人之画"，董的观点其后主导了明清画坛：

禅家有南北二宗，唐时始分。画之南北二宗，亦唐时分也，但其人非南北耳。北宗则李思训父子着色山水，流传而为宋之赵幹、赵伯驹、伯骕，以至马、夏辈。南宗则王摩诘始用渲淡，一变钩斫之法。其传为张璪、荆、关、董、巨、郭忠恕、米家父子，以至元之四大家。亦如六祖之后，有马驹、云门、临济儿孙之盛，而北宗微矣。要之，摩诘所谓云峰石迹，迥出天机，笔意纵横，参乎造化者。东坡赞吴道子、王维画壁，亦云："吾于维也无间然。"知言哉。

文人之画，自王右丞始。其后董源、巨然、李成、范宽为嫡子。李龙眠、王晋卿、米南宫及虎儿，皆从董、巨得来。直至元四大家黄子久、王叔明、倪元镇、吴仲圭，皆其正传。我朝文、沈，则又远接衣钵。若马、夏及李唐、刘松年，又是大李将军之派，非吾曹当学也。

董其昌将画分为南北宗，南宗为文人画，北宗为院体画，并梳理其源流。在画论中,董其昌还不断推崇南宗画。董其昌是晚明画坛领袖,清初画坛宗主王时敏师出董门,而清代画坛主流为"清六家"(王时敏、王鉴、王翚、王原祁、吴历、恽寿平),另五家与王时敏或师或友,所以数百年间,画坛一直受"南北宗"和"文人画"的影响,一面打压北宗画,一面确立南宗画的正统地位。文人画由是成为画坛洪流,而文人掌控了话语权,在画论中一再推重文人画。后世画家或画论家,以南北宗为据,重新排定南北宗的队伍,把自己喜爱的画家列入南宗,把不喜欢的画家归入北宗,可见文人画的画史地位。

2. 诗情画意

文人画最突出的一个艺术特征,就是诗、书、画一体,构成中国绘画最显著的特色。中国诗画最先从精神内涵上融合,从东汉始,取诗意以为画,到唐代王维的"诗中有画,画中有诗",再到宋代苏轼的"诗画本一律",诗画彼此渗透融合,一方面诗歌情景交融,意境幽美,极具画面感,予人一种"宛然在目""如在目前"的即视感,令人发于佳思而觉得"此诗中画,可作画本";另一方面,充满诗意的绘画,入诗之三昧,有助于骚客词人之吟思,令人展卷便欲作妙诗。后来画外题诗发展到画上题诗,诗情画意,相得益彰,终由精神内涵的融合发展到诗书画一体的艺术形式结合,三者臻至化境,融为一体。

(1)诗书画一体。

宗白华曾言:"在画幅上题诗写字,借书法以点醒画中的笔

法，借诗句以衬出画中意境，而并不觉其破坏画景（在西洋画上
题句即破坏其写实幻境），这又是中国画可注意的特色。"① 这段
话最能说明中国文人画诗书画相互映带的艺术特色，而达到这种
化境的文人画家也有不少，如倪瓒、吴镇、徐渭、郑燮、金农、
吴昌硕等人。

徐渭自称"书一诗二文三画四"，他的诗、书、画俱佳，历
来为人所赞赏，袁宏道称其诗"如嗔如笑，如水鸣峡，如种出
土，如寡妇之夜哭，羁人之寒起。当其放意，平畴千里，偶尔幽
峭，鬼语秋坟"，陶望龄称其"于行草书尤精奇伟杰""笔意奔放
如其诗，苍劲中姿媚跃出"，郑燮对徐渭绘画极为拜服，刻闲章
自称"徐青藤门下走狗郑燮"，齐白石亦愿为其"门下走狗"，恨
不能早生三百年为其磨墨理纸。徐渭诗书画俱佳，故能在白缣素
纸上融诗书画为一体。徐渭传世名作《墨葡萄图》，画中葡萄枝
条错落低垂，叶子凌乱层叠，叶底葡萄晶莹耀眼，再看画中枝干
细蔓，线条的流动伸张，叶片墨块的浓淡凌乱，笔意流动如野马
脱缰，情感宣泄如海浪排空。画上题诗："半生落魄已成翁，独
立书斋啸晚风。笔底明珠无处卖，闲抛闲掷野藤中。"徐渭一生
饱经忧患，壮志难酬，诗中可见其内心一股狂放不羁、愤世嫉俗
的郁勃之气。题诗以草书写就，与写意画风相济，又将草书笔法

① 宗白华：《论中西画法的渊源与基础》，见《美学散步》，上海：上海人
民出版社1981年版，第102页。

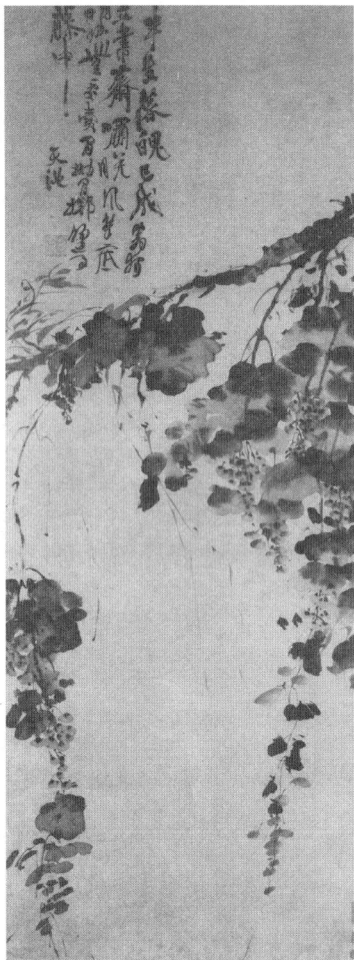

（明）徐渭《墨葡萄图》（北京故宫博物院藏）

与花鸟画的泼墨写意技法融合为一，于尺幅素纸上，点抹涂扫，不拘成法。徐渭的人生遭际，令其内心充满了悲苦焦灼与抑郁狂躁，恣肆疾速的草书和泼墨写意画，无疑是最合适的宣泄方式。

郑燮素有"三绝"美誉，诗文通俗流畅，自然直率，书画尤以"六分半书"和兰竹画最为世人所知。郑燮书法隶楷相参，因隶意多于楷法，但又不足八分，故自称"六分半书"，书体又"以画以行之"，既取师法帖，又加之竹叶、兰花之写法，有兰竹笔意。这种"板桥体"题于画幅之上，字体的大小、肥瘦、正斜，笔画的长短、粗细、疏密，墨色的浓淡、干湿、虚实，参差错落成致，整块诗文题跋视之宛如

"金钱串珠""乱石铺街"。郑燮一生最爱画兰竹石，因其有"四美"："四时不谢之兰，百节长青之竹，万古不败之石，千秋不变之人"，故"有兰有竹有石"，即"有节有香有骨"。《兰竹荆棘图》，绘兰竹生于石隙之间，荆棘杂生其中，画上题诗："不容荆棘不成兰，外道天魔冷眼看。看到鱼龙都混杂，方知佛法浩漫漫。"画中墨竹有书法用笔，竹叶带苏字肥锋，竹枝带黄体瘦笔；兰花秀劲，兰叶以焦墨挥毫，藉草书之中

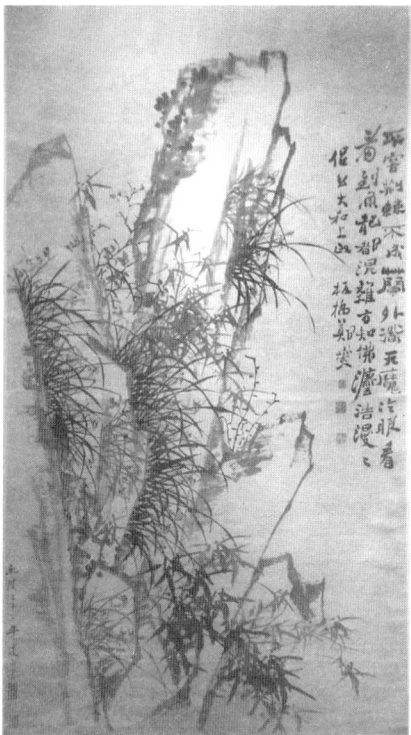

（清）郑燮《兰竹荆棘图》（常州博物馆藏）

坚而长撇运之，多而不乱，少而不疏，脱尽时习，细劲秀逸，正如蒋士铨题郑燮《画兰》诗所言："板桥作字如写兰，波磔奇古形翩翩。板桥写兰如作字，秀叶疏花见姿致。下笔别自成一家，书画不愿常人夸。颓唐偃仰各有态，常人尽笑板桥怪。"画中瘦石取倪瓒的侧锋用笔，以简劲之线勾勒轮廓，亦不反复皴擦，更

见石之圭角，主峰石上点苔，又有"美女簪花"之妍。画上题诗不长，然书体浓淡相间，大小错落。画上题诗又揭示了画旨，兰竹与荆棘共存，犹如鱼龙混杂，"盖君子能容纳小人，无小人亦不能成君子"，故有棘中之兰竹，亦道出美丑共存的合理性。

（清）金农《冷香图》（上海博物馆藏）

金农是"扬州八怪"之首，一生才艺繁杂，诗、书、画、印、砚等各方面都有出众的才华。诗歌造语奇崛，清峭冷逸，少有诗名，同里项霜田称其诗"度越时彦，举体便佳"，毛奇龄以其诗夸示宾客道："紫毫一管能颠狂耶！"金农书法厚朴质拙，擅长隶、楷、行，又由隶书演化出一种形象特怪的书体"漆书"，时与姜宸英、汪士鋐、陈奕禧并称康熙年间的四大书法家。他绘画天真高古，清人秦祖永《桐荫论画》评其画为"神品"："金农寿门，襟怀高旷，目空古人，展其遗墨，另有一种奇古之气出人意表。"金农画名虽著，但在造型上有所欠缺，"绘画性"不强，但自饶天机，笔墨古朴稚拙，另有一种奇特的艺术气质，正如陈曼生所言："冬心先生以诗画名一世，皆于古人规模意象之外，别出一种胜情高致。"因为造型上的缺陷，画上题辞恰好弥补，所以方薰曾言："画可有不款题者，惟冬心画不可无题"，而金农也几乎每画必题，每题必妙，被人誉为"金长题"。而且，与以往画家以行、草题诗于画不同的是，金农常以写经体楷书题画，稚拙的书体与高古的画面，配以诗歌，给人奇古怪趣的审美感受。金农擅长画梅，在技法上博取名家，参以古拙书风、金石意韵，形成瘦如饥鹤，屈若虬龙，清似明月的独特风格，画境或古香满幅，或枝条横斜，或落芳点点，兼与点睛之题诗，莫不令人憾心动容。现藏于上海博物馆的《冷香图》颇能体现金农画梅的艺术特色。此图用一堵白墙将画面分为院内院外两个空间，院内数株梅花，繁花密枝，其中一枝伸出墙外，已有点点梅瓣，零落在地面之上，画上题诗："数树梅花破俗，冷香恰称清贫。旧家门庭不改，莫道此中无人。"表现出画家自甘贫寒，不随俗流的情操。金农性逋峭，世人以迂怪目之，这种禀赋与天趣也决定了他又奇又怪的艺术风格，如这幅《冷香图》，以写经体楷书题诗，书风质朴古雅，恰与清雅古拙的画风相和谐统一，而且金农有意识地将书法的表现力运用到绘画的用笔当中，使绘画线条质感与书法线条质感相同，使书画天然融合在一起。漆书黑白对比强烈，富有团块之感，金农在构图上也运用了这点。图中以墙作块面分割，使梅花、墙檐和白墙形成三个大小不同的块面；白墙平面横布又稍作转折，显得错落有致，而且白墙化实为虚，正好烘托了繁花锦簇与落梅点点，更感意境深远。图中浓墨的树干，中墨的墙檐和墙基，淡墨的路径和白色的院墙，使墨色显得简明而富有层次。金农题画诗清雅冷逸，疏简淡远，清代梁绍壬曾评价道："题画之诗，全要逸趣横生，国朝以金冬心先生为最。"而吴道文又道出了金农画题的妙绝之处："金冬心的款题，粗读似觉平淡，细嚼则趣味横生，尤其转语处，颇多诙谐，能体会语中藏锋者，必能会心一笑。"《冷香图》上题诗，亦于前后两联的"转语处"，语中藏锋地抒发情志，读来诗趣横溢，也令人领悟金农不仅"为梅写照"，更是自我写照。

（2）以诗意点醒画意。

文人画诗书画融为一体的艺术特征，故又或称为"综合艺术""综合性艺术"，但究其本质，文人画属于造型艺术，其本体是绘画。明代沈朝焕曾言："吴中以诗、字妆点画品"，题画诗文、款字，包括印章，都是中国画的"妆点"手段而已。文人绘画，借以寄情兴怀，游心翰墨，逸笔草草，不求形似，聊以自娱，强化了绘画的主体意识和自娱功能。文人画家以绘画为娱，寄情兴怀，在技法上又不像职业画工受过系统的训练，追求笔墨意趣而忽视客观物象，这就造成了文人画的抽象性和空灵性。文人画的抽象性与空灵性，给人体悟画意带来了困难，有些绘画或因典型化和文化共识而可感知画意，但更多的绘画是令人难以感知画家本意的，虽然是寻常画题，但每个画家寄托于画中的意思未必相同，即使是同一画家的同一画题，也往往被赋予不同的情思，这就需要借助题画诗来解读画意了。

四君子画中的墨竹，笔直中空而比附君子美德，"可使食无肉，不可使居无竹"，令人相对忘俗，所以向来为文人画家所喜。北宋《宣和画谱》卷二十《墨竹叙论》："绘事之求形似，舍丹青朱黄铅粉则失之，是岂知画之贵乎有笔，不在夫丹青朱黄铅粉之工也！故有以淡墨挥扫，整整斜斜，不专于形似而独得于象外者，往往不出于画史，而多出于词人墨卿之所作。盖胸中所得，固已吞云梦之八九，而文章翰墨，形容所不逮，故一寄于毫楮，则拂云而高寒、傲雪而玉立，与夫招月吟风之状，虽执热使人砯挟纩也。至于布景致思，不盈咫尺而万里可论，则又岂俗工所能到哉！"元代吴镇、明代徐渭和清代郑燮就是画史上的墨竹名家，但三者的墨竹画意蕴涵各有所侧重。

吴镇终其一生，隐居于故乡嘉兴魏塘，萧然寡堵，一切富贵利达，屏而去之，独匿影菰芦，与山水鱼鸟相狎，日与二三羽流衲子为群，至性孤骞，终不肯傍人篱落。吴镇画渔隐山水，题渔父词，反映了他内心的隐逸情怀，同时也将其隐者情思投射于墨竹。吴镇在《竹谱册》第十四幅题诗道："相逢尽道休官好，林下何曾见一人"，对此种人不免心生嘲讽。对仕进执迷不悟者，当看到江南秋雨中的竹子或许会幡然梦醒："凉阴生研池，叶叶秋可数。京华客梦醒，一片江南雨。"吴镇对野竹尤为偏爱，因其生于空山野地，固守清节，日与清风白月为伴："野竹野竹绝可爱，枝叶扶疏有真态。生平素守远荆榛，走壁悬崖穿石埭。虚名抱节山之阿，清风白月聊婆娑。寒梢千尺将如何，渭川淇澳风烟多。"他在墨竹题诗中表达了隐逸之心："叶叶舞清风，梢梢泻白雨。此怀谁其赏，山中有巢许"，言能欣赏清竹的是隐居山林的巢父和许由；"晴霏光煜煜，晓日影曈曈。为问东华尘，何如北窗风"，认为出仕京师不如隐居乡里自在。再如《风竹图》题诗二首：

我爱晚风清，顺适随所赏。曩古竹林仙，忽忽竟长往。荒涂杂废墟，几度蓬蒿长。可人日相亲，言笑容抵掌。靳馀一席宽，何用居求广。荷锄艺术蔬，刊地芟草莽。举步山水长，引引支离杖。行役忘尔汝，啸答岩谷响。淡然入无何，朝来山气爽。

我爱晚风清，漪涟动庭竹。惨淡暮云多，萧森分野绿。闲窗冥色佳，静赏欢易足。人生遽如许，万事徒碌碌。有尽壮士金，余缪匹夫玉。轩车韬斧钺，梁肉隐耻辱。嫋嫋五株柳，采采三径菊。享尽生前欢，毋贻死后哭。高歌晚风前，洗盏斟醽醁。

两首墨竹题诗，道出了吴镇对隐逸生活的体味和享受，表达了诗人对陶渊明躬身自耕式的隐居生活的满足和自适：席不求宽，居不求广，荷锄艺蔬，刊地芟草，植五株柳，种三径菊，在晚风中对着窗外的清竹放歌，且洗盏浅斟，何其洒脱闲适！吴镇其他墨竹诗画亦表达了隐居的悠闲心情和随适的心态，如吴镇《墨竹图》题诗："涓涓多息水，拂拂最宜山。吁嗟此君子，何地不容闲。"无论是在水边还是山石边，竹君子何处不可寄身容闲？以墨竹表现其悠闲的心情。再如《墨竹谱》第十六幅题诗："径深茅屋陋，树倚夕阳斜。行遍青山路，何丘不可家。"只要有竹，何处不可居？又表现出他随遇而安的思想，十分豁达。郁郁青竹无论身处何地，环境如何恶劣，亦淡然安身立命，不受环境居地而改变其志，正如吴镇隐于穷乡僻壤，家贫食菜糜，声名在当时亦不振，但犹如其画中墨竹一样，不因此而改变其高节。

（元）吴镇《墨竹谱册》之十九《风竹图》（台北故宫博物院藏）

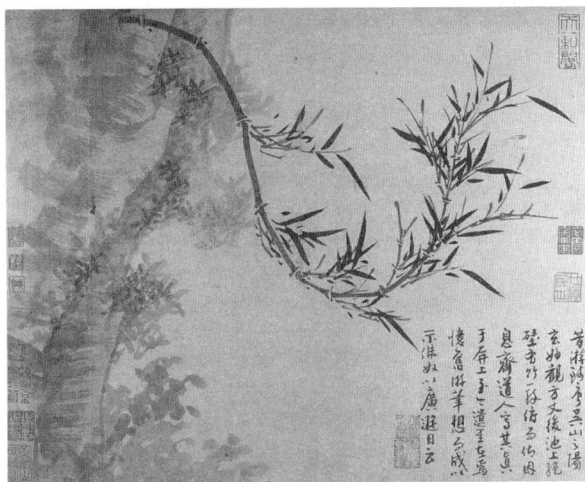

（元）吴镇《墨竹谱册》之二十一《墨竹图》（台北故宫博物院藏）

　　徐渭文艺全才，然而一生遭遇坎坷曲折，不幸似乎一直跟随着他，出生百日即丧父，十岁生母被驱，十四岁嫡母去世，二十岁录为生员后，累八试不售，二十六岁发妻病逝，此后又有两次不幸的婚姻。后胡宗宪受弹劾入狱，徐渭惧受牵连，而且身陷李春芳的纠缠之中，再加上屡试不举的刺激，多次发疯自杀而未遂。四十六岁疯病发作，杀妻下狱，并被革除生籍，取消了科举考试资格，从此仕路断绝。五十二岁，得友营救出狱后，贫苦度日，直至七十三岁时，终于在饥寒贫病中离开人世。人生际遇令"其胸中又有勃然不可磨灭之气，英雄失路、托足无门之悲"。这种郁勃之气，激而作画，发而为诗，诗画无不渗透了强烈的感情色彩，观画读诗，犹如剖心析肝，掬诚相示，如其所画"雪竹""风竹""雨竹"，一枝一叶无不渗透了徐渭的情感，令人切身感受到徐渭的悲慼与愤恨。《雨竹》："小露垂梢雨压竿，真成滴泪不曾干。问渠何事能衰甚，屈杀蛙泥笋一攒。"诗里滴泪不干、"衰甚"的"雨竹"，正是徐渭内心凄楚的写照。《风竹》其一："纸畔濡毫不敢浓，窗前欲肖碧玲珑。两竿梢上无多叶，何自风波满太空。"叶少不招风，但风波仍满太空，可见徐渭内心对命运无法掌握的无奈和激愤。《风竹》其二："只堪拟作钓竿横，岂有干云拂雾情。寄语风霜休更忘，只今已自瘦伶仃。"竹叶已被风霜侵落得稀疏，如今清瘦伶仃，唯有寄语风霜休要相逼，另一方面则自诫莫要竹茂生风，免遭到倾巢覆卵的厄运："凭君莫画生风叶，卵破

（明）徐渭《竹石图》（广东省博物馆藏）

（明）徐渭《雪竹图》（北京瀚海 2011 年秋季拍卖会）

巢倾始得知。"（《风竹》其四）徐渭经历了人生的种种磨难，产生了一种避祸的心理。胡宗宪于徐渭有知遇之恩，因严嵩倒台而牵连下狱，最后被迫害致死。徐渭对此事颇为痛苦和愤慨，并隐晦地宣泄这份感情，《题雪压梅竹图》："云间老桧与天齐，滕六寒威一手提。折竹折梅因底事？不留一叶与山溪。"再如《雪竹图》其二："万丈云间老桧萎，下藏鹰犬在塘西。快心猎尽梅林雀，野竹空剩雪一枝。"严嵩失势后，徐阶上位，其故里松江府旧称"云间"，诗中"云间老桧"暗指徐阶是类似于秦桧的奸相，而胡宗宪别号"梅林"，诗中"梅林""梅"实暗指胡宗宪。两首诗都描绘了"云间老桧"对梅、竹、雀的摧残猎杀，折竹折梅不留一叶，仅剩雪竹一枝。张汝霖在书序中对《题雪压梅竹图》评道："其感慨激烈之意，悲于击筑，痛于吞炭。"其实，徐渭不仅是对胡宗宪的遭遇感到悲愤，也有一种惧祸的痛苦和忧惧，担心自己受牵连遭到徐阶的陷害，"竹"这一形象正是自我的写照。虽然惧祸，但徐渭心底处自有一股愤恨不平之气："画成雪竹太萧骚，掩节埋清折好梢。独有一股差似我，积高千丈恨难消。"

郑燮出身书香门第，但家道早年败落，幼年丧母，由乳母费氏抚养成人。他颖悟过人，博闻强识，曾以教塾维持生计，后至扬州卖画。乾隆丙辰（1736）四十四岁时中进士，直至五十岁方出任山东范县县令，四年后调任潍县，后因荒年请赈，有忤上级，终被罢职，又回到扬州卖画。郑燮性格旷达，不拘小节，耿介质直，狂放不羁，时人视为"狂怪"。郑燮最擅长画兰竹，尤以墨竹为胜，瘦劲孤高，孤傲刚正，有一股"倔强不驯之气"，仿如其人品的写照。《风竹图》里铮铮铁骨，坚贞不屈："秋风昨夜渡潇湘，触石穿林惯作狂。惟有竹枝浑不怕，挺然相斗一千场。"《篱竹图》里独立自主，自力更生："一片绿荫如洗，护竹何劳荆杞？仍将竹做篱笆，求人不如求己。"《修竹新篁图》里寄语世人本是同根同气，何必区分高下："两竿修竹出重霄，几叶新篁倒挂稍。本是同根复同气，有何卑下有何高？"郑燮题竹名诗："咬定青山不放松，立根原在乱岩中。千磨万击还坚韧，任尔东西南北风"，自比扎根乱岩的墨竹，显示自己历经磨难而毫无畏惧的品性。从郑燮现存作品看，至少有三幅墨竹有此题诗：南京博物院藏的《托根乱岩图》、炎黄艺术馆藏的《竹石图》和吉林省博物馆藏的《竹石图》，除了个别字不同外，如"扎根"

或作"立根","乱岩"或作"破崖""乱崖",其余均同,可见郑燮对此诗的偏爱,题以自况。郑燮墨竹题诗最突出的是表达对民生的悲悯与关怀。郑燮出任山东范县、潍县知县,为官清正,关心民间疾苦,《清史稿》记他任官期间,勤政廉政,深得百姓拥戴,后"因岁饥为民请赈,忤大吏,罢归","百姓遮道挽留,家家画像以祀"。郑燮任官前及罢官后,在扬州卖画糊口,曾言:"写字作画是雅事,亦是俗事。大丈夫不能立功天地,字养生民,而以区区笔墨供人玩好,非俗事而何?"写字本是雅事,但若只供人玩好,即是俗事,绘画当应"立功天地,字养生民",所以郑燮认为绘画的目的在于"慰天下之劳人":"凡吾画兰、画竹、画石,用以慰天下之劳人,非以供天下之安享人也。"这种思想在《衙斋听竹图》得到充分的展现:"衙斋卧听萧萧竹,疑是民间疾苦声。些小吾曹州县吏,一枝一叶总关情。"观画读诗,仿佛听到修竹在风中萧萧作响,一枝一叶都蕴含着爱民忧民的情怀。后因罢官返里,郑燮题《墨竹》以纪其事:"乌纱掷去不为官,囊囊萧萧两袖寒。写取一枝清瘦竹,秋风江上作渔竿。"以瘦竹作渔竿,借渔隐传统来宣示归隐之心。重返扬州,郑燮再次以卖画糊口,在画的第一幅墨竹上题诗道:"二十年前载酒饼,春风倚醉竹西亭。而今再种扬州竹,依旧淮南一片青。"追昔抚今,不胜感慨。

（清）郑燮《托根乱岩图》
（南京博物院藏）

（清）郑燮《衙斋听竹图》
（徐悲鸿纪念馆藏）

（3）诗意丰富画意。

观画读诗，有助于后人解读绘画，感悟作者的情意，但这并不是对绘画唯一的赏读。正如前面所说，文人画虽被称为"综合艺术"，但究其质，仍然是造型艺术，绘画是本体。文人绘画追求意趣而不重视客观物象的物理真实，造成了绘画的抽象性和空灵性，虽然给体悟画意带来了困难，但也更容易激发观画者的情思，给绘画提供了多种解读的可能性，从而丰富绘画内涵。

（元）倪瓒、王蒙《松下独坐图》
（台北故宫博物院藏）

王蒙曾为倪瓒画《松下独坐图》以赠，倪瓒又仿画一幅转赠他人，后来王蒙在博广文处见到此图，略加点染，补笔墨之未足处，并于画上题诗一首，与倪瓒题诗唱和。这幅《松下独坐图》，左边高山悬瀑，飞瀑直落而下，注入溪流，水声潺潺，右边三株古松，松下平坡，一雅士倚囊而坐，手捧杯盏，仰对飞瀑静思，旁边放置着一把古琴，不远处侍立着一童子。倪瓒题诗："独坐古松下，萧条遗世心。青山列屏嶂，流水奏鸣琴。安得忘机士，与我息烦襟。幽情寄毫楮，跫然闻足音。"王蒙画上和诗："苍崖积空翠，怡我旷世心。飞泉落深谷，泠泠弹玉琴。尘消群嚣豁，松雪洒闲襟。清谣天籁发，如聆正始音。"王蒙从观画者的角度描述画境，从而抒发画中离尘绝俗的意趣，倪瓒题诗则厕身画境，借画中雅士的口吻抒情：独坐于青松，令人萧然而生遗世之心，在青山列嶂的寂静中倾听流水如鸣琴一般的声音，何以能与淡泊忘俗、与世无争之人相处，安息心中的烦闷？正以笔墨寄此幽情的时候，却很欣喜地听到了跫然足音，之前一直期待出现的高士突然来访了。诗中雅士突然听到足音，表示有高士来访，这是画面所没有，也不能表达的内容，而题诗却将画意拓展了，点出象外之意。倪瓒题诗以其情致意境将画意升了，将观画者的情思引导到画境之外。

出于对太湖景色的感知与体认，倪瓒山水往往是"一河两岸"式的构图，中景大片留白作为寥廓平静的河面，近景和远景为河之两岸。近景一般放得较低，平坡上三五株树木丛筼，竹树下或置虚屋空亭；远景放得很高，坡峦平缓。画中不见飞鸟，不见舟楫，不见人迹，景致静逸空旷，气氛萧瑟荒寂。中国山水画，点景人物往往是读画的关键所在，正如郭熙《山水训》所言："水以山为面，以亭榭为眉目，以渔钓为精神。"不过，"静故了群动，空故纳万境"，倪瓒无人山水，虽空亭无人，但又让人觉得人迹未曾远去，又正如张宣题倪瓒《溪亭山色图》所言："石滑岩前路，泉秀树杪风。江山无限景，都聚一亭中。"画上虽然渺无人迹，但空亭作为人与山水之间的联系，便成为画面的焦点，由空亭生发出无限想象。观画者借助"空亭"这媒介，纷纷跃入画境，或追思前踪，如张雨题《雨后空林图》："望见龙山第几峰，一峰一面水如弓。苍林茅屋无人到，犹有前时蹑履踪。"
或危坐看潮，如华幼武："秋云无影树无声，湛湛长江镜面平。
远岫烟销明月上，小亭危坐看潮生。"或啜茶填词，如卞荣题
《溪亭山色图》："倪迂仙去几时还？留得溪亭对晚山。老我今为
亭上客，啜茶闲试鹧鸪斑。"或闲吟煮茶，如赵觐题《林亭晚岫
图》："山中茅屋是谁家？兀坐闲吟到日斜。坐客不来山鸟散，呼
童汲水煮新茶。"或煮茶写图，如张翥题《林亭秋霁图》："云林
馆东石崖上，爱此数株嘉树青。今觅幽人煮春水，写将烟雨出山
亭。"或结茅待归，如丹房生题《江岸望山图》道："杳霭钟声隔
翠微，清泉白石映斜晖。道人定是知心者，结个茅屋待我归。"
如此这般，倪瓒山水虽空亭无人，却有了"山水无人，而人在
兹"的意趣，也扩展了画境。

（元）倪瓒《安处斋图》（台北故宫博物院藏）

（元）赵孟頫《二羊图》（美国弗利尔美术馆藏）

文人画家以画抒发情志，加强了绘画的主观意识和精神内涵，观画者也常常通过绘画来探讨画家情意。赵孟頫是宋室王孙，却屈身仕元，这一"人品污点"使他在明清两代遭到很多责难和攻讦。人们观赏赵孟頫绘画，往往不自觉地从此事去诠读。赵孟頫曾画《二羊图》，自跋道："余尝画马未尝画羊。因仲信求画，余故戏为写生。虽不能逼近古人，颇于气韵有得。"可知这是一幅应求而作的墨戏写生，但观画者却"借题发挥"，如明初袁华跋道："赵文敏为仲信写二羊，展卷间，如行河湟道中，与旄裘索带之牧羝奴，逐水草而栖止。昔称'廊庙村器，稽古入妙'者，信矣！"看似赞美赵孟頫二羊有河湟道上的意味，实则讽刺他与"牧羝奴""逐水草而栖止"，缺乏民族气节。张大本就此跋又作进一步的引申："又惜其丹青之笔，不写苏武执节之容，青海牧羝之景也，为之三叹！"偶恒也有一首题诗："王孙长忆使乌桓，因念苏卿牧雪寒。落尽节旄无复见，写生传得两羝看。"汉代苏武持节出使匈奴，被扣留劝降而不屈，又被迁移到北海牧羊十九载，才获释回汉。张大本和偶恒将赵孟𫖯宋室王孙仕元与苏武持节不屈进行对比，讽刺赵孟𫖯气节有亏。无中生有的诠释，是一种过度解读，却也增加了画意。

（明）沈周《辛夷墨菜图》之"墨菜"（北京故宫博物院藏）

吴镇隐于故乡魏塘，终生不仕，饱则读书，饥则卖卜，虽生活清贫而终不改其志。曾画《墨菜图》，并题诗："菘根脱地翠毛湿，雪花翻匙玉肪泣。芜蒌金谷暗尘土，美人壮士何颜色。山人久刮龟毛毡，囊空不贮挪揄钱。屠门大嚼知流涎，淡中滋味吾所便。元修元修今几年，一笑不直东坡前。"吴镇另画有一幅《墨菜图》（已亡佚），题诗："叶长阑干长，花开黄金细。直须咬到根，方识淡中味。"从这两首题诗，可知吴镇满足于蔬食淡饭的清苦生活，心安性定，清贫自守。蔬菜"平时可以助食，俭岁可以救饥"，故古人常以"食菜"喻指清苦生活，如南齐周颙隐于钟山，清贫寡欲，终日长蔬，"卫将军王俭问之：'卿山中何所食？'颙曰：'赤米白盐，绿葵紫蓼。'文惠太子问颙：'菜食何味最胜？'颙曰：'春初早韭，秋末晚菘'"。南齐庾杲之在史上亦有食菜之名："（庾杲之）清贫自业，食唯有韭菹、瀹韭、生韭杂菜，或戏之曰：'谁谓庾郎贫，食鲑常有二十七种。'言三九也。"吴镇《墨菜诗卷图》上，黄玠题诗"欲知此味，请问周颙"、曹绍题诗"食肉何如食鲑好，从渠自说庾郎贫"及吴温题诗"鱼有腥分肉有膻，庾郎滋味正相便"均用到周颙和庾杲之的典故，可谓解题。一幅画题跋越多，其意蕴也越丰富。吴镇在这幅《墨菜图》所表现出来的淡泊自守，得到了倪瓒、黄公望、黄玠、钱惟善等33人的题诗唱和，而这些题跋又赋予此幅《墨菜图》多重蕴义。宋儒汪信民尝言："人常咬得菜根，则百事可做。"朱熹也认为人需安贫知廉耻，并言："学者不于富贵贫贱上立定，则是入门便差了也"，"某观今人因不能咬菜根，而至于违其本心者众矣"。申屠衡即从此点阐发吴镇《墨菜图》："丈夫成事业，都是菜根来"，倪枢亦是："学业嗟未成，疏食宁不甘"，还有潘应辰："丈夫乐此味，百事诚可为"。虽然有离吴镇本意，却也说明吴镇

《墨菜图》的艺术感染力，使观画者心生感触，同时也丰富了此图的意蕴。

（二）兼能者多，兼工者少

文人画，并不一定等于文人的画，但文人画家的确多为文人士大夫。文人介入绘画，以书入画，以诗入画，并利用手中话语权，在理论上引导绘画发展潮流，融诗、书、画于一体。因此，诗书画三绝，便成为文人画家的必备素养，称颂文人画家，也言必称三绝。但总的来看，诗书画三绝，兼能者多，兼工者少。

在职业画家之外的画家群体，自南北朝以来，不断有人谈及，原先言及有名士、衣冠贵胄、逸士高人，后来范围缩小到文人士大夫。北齐颜之推《颜氏家训》言名士能画："画绘之工，亦为妙矣，自古名士多或能之"，如梁元帝、武烈太子、萧贲、刘孝先、刘灵等人，"并文学以外，复佳此法"。唐代，张彦远《历代名画记》又言衣冠贵胄、逸士高人善画："自古善画者，莫匪衣冠贵胄，逸士高人，振妙一时，传芳千祀，非闾阎鄙贱之所能为也。"北宋郭若虚《图画见闻志》亦言："窃观自古奇迹，多是轩冕才贤，岩穴上士。"到了南宋，邓椿《画继》："画者文之极也，故古今之人颇多着意。张彦远所次历代画人，冠裳大半。"紧接着列举了杜甫、韩愈、欧阳修、"三苏"、黄庭坚、米芾、李公麟等人，包括文人及文人画家，在衣冠贵胄和逸士高人之间，越来越重文士。赵希鹄《洞天清禄》又言："士大夫以此为贱者之事，皆不屑为，殊不知胸中有万卷书，目饱前代奇迹，又车辙马迹半天下，方可下笔，此岂贱者之事哉？"从"读万卷书"可见越来越重视文艺修养。此后，职业画家之外的画家群体已不自觉地缩小到文人士大夫：

高士旷士，用以寄其闲情；学士大夫，亦时彰其绝业……惟品高则寄托自远，由学富故挥洒不凡。（明代王绂《书画传习录》）

古之高尚士夫如李公麟、范宽、李成、苏长公、米家父子辈，靡不尽臻神品。（明代屠隆《画笺》）

高人逸士，多能以书绪作墨戏。（明代陆师道《题跋》）

前辈画山水，皆高人逸士，所谓泉石膏肓，烟霞痼癖，胸中丘壑，幽映回缭，郁郁勃勃，不可终遏而流于缣素之间，意诚不在画也。（明代王肯堂《郁冈斋笔麈》）

画之为艺，世之专门名家者，多能曲尽其形似，而至其意态情性之所聚，天机之所寓，悠然不可探索者，非雅人胜士，超然有见乎尘俗之外者，莫之能至。（练安《金川玉屑集》）

自晚明董其昌相继提出"画分南北宗"及"文人画"后，画坛越来越以文人画为尊，如清代龚贤《柴丈画说》言："画士为上，画师次之，画工为下。"文人士大夫参与绘事，史上记载颇多，如东汉张衡、蔡邕、刘褒等，魏晋南北朝曹髦、荀勖、戴逵、宗炳、顾恺之、惠远、王微等，唐代如卢鸿一、王维、郑虔、张志和、皎然等，宋代苏轼、李公麟、文同、朱象先、扬无咎、米芾、米友仁等，元代赵孟頫、黄公望、吴镇、倪瓒、王蒙、杨维桢等，明代沈周、文徵明、唐寅、董其昌、徐渭、陈洪绶等，清代王时敏、王鉴、王翚、吴历、恽寿平、石涛等，不胜枚举。

文人画家常常被赞许"三绝"，擅长诗、书、画三艺，但若各以诗文家和书画家的标准去衡量，诗、书、画三艺未必皆达到高水准。纵观历代文人画家，诗、书、画三艺，兼能者多，兼工者少，正如清代查慎行《家二瞻兄八十寿》言："古来绝艺兼者罕，钟、王、顾、陆名各传。辋川摩诘书未称，三绝独数荥阳虔。"钟繇、王羲之、顾恺之、陆探微四人各以诗艺书艺或画艺而名传于世，纵使文人画之祖王维也短于书艺，诗、书、画兼绝的只有唐代郑虔。郑虔曾向唐玄宗献上自己的诗、书、画，被御题"郑虔三绝"，杜甫与郑虔交好，在《八哀诗》曾纪此事："昔献书画图，新诗亦俱往。'三绝'自御题，四方尤所仰。"但是郑虔三绝，是分而观之，各以一"绝"褒奖之，并非后世所言画上题诗，诗书画三绝融合一体而誉之"三绝"。所以，文人画家或能诗、书、画，但真正能达到诗文家和书画家艺术高水准的还是极罕见的。即使是诗画，董其昌《画旨》亦言"画中诗惟右丞得之，兼工者自古寥寥"。

诗、书、画三绝，有人书不逮画，有人画胜其诗，能兼工者少。综观历代文人画家，有的翰墨之余寄情书画，故文名胜于画名，如宗炳、王微、苏轼等；有的"书画家诗，向少深造者"，故画名胜于文名，如荆浩、黄公望、王蒙、沈周、文徵明等；有的文名与画名兼胜的，如王维、倪瓒、徐渭等人。文同墨竹闻名于世，但黄庭坚评其书不逮于画："文湖州写竹用笔甚妙，而作书不逮，以画法作书，则孰能御之？"王诜《烟江叠嶂图》颇得苏轼赞誉，但题诗却谓其书不称其诗画："郑虔三绝君有二，笔势挽回三百年。"沈周与文徵明均为明代文人画家代表，但王世贞评其诗画，却有霄壤之别。在《弇州山人四部稿》中，王世贞评沈周画："白石翁笔底走董巨，何况黄鹤山樵？"又评文徵明画："丹青游戏，得象外之理，置之赵吴兴、倪元镇、黄子久座，不知谁左右矣？"然而，在《明诗评》中，王世贞评沈周诗则云："如村童唱榜歌，时操粤音，亦自近情可喜，一歌沧浪便觉无复余兴。"又评文徵明诗："如老病维摩，不能起坐，颇入玄言；又如衣素女子，洁白掩映，情致亲人，第亡丈夫气格。其他率易，种种可厌。"

虽然文人画家"三绝"兼工者少，但这并不损于他们所取得的艺术成就和声誉。自从文人画成为画坛主流，每一谈及文人画即言诗书画三绝。若各从诗史和画史来看，能兼工并两臻于化境者实在不多，而从时间早晚和成就高下而论，不得不首推王维，所以王维亦被推为文人画之祖。文人画家中有兼得"三绝"者，笔墨造诣和意境内涵均佳，固然为世所传，笔墨造诣或有欠缺，也可由诗书弥补而达到佳境，同样成为画史名家。世人常常以"三绝"揄扬文人画而贬抑画工画，但在画史上，职业画家画技高超，虽不能诗书，却由技而进乎道，同样可达到高深的笔墨造诣，创造丰富的意境内涵，成为传世名家。可以说，诗、书、画三绝，本来就不必以全求责，以之区分高下，无论擅长何者，均可各以其津筏到达艺术之彼岸。

智者导其先路，领其风潮，而末流则坏其风向，堕其品格。那些文人画家末流，在绘画造型上严重欠缺，虽高倡诗书而实又拙于诗书，终于使文人画陷于困顿，出现各种弊病。或追求简淡写意和笔墨情趣，置形似而不顾，流之于野、怪。鲁迅《记苏联版画展览会》就曾批评文人画的"写意"道："我们的绘画，从宋以来就盛行'写意'，两点是眼，不知是长是圆，一画是鸟，不知是鹰是燕，竞尚高简，变成空虚。"① 又或于画上乱题诗，拉郎配，污染绘画之道，破坏绘画视觉美感和意境，犹如"同床异梦"。

---

① 鲁迅：《记苏联版画展览会》，见《鲁迅文集》第六卷《且介亭杂文末编》，长春：吉林文史出版社 2006 年版，第 11 页。

五 诗歌与绘画的界限

在中国传统文化中，每一论及诗画关系，言必称"诗中有画，画中有诗""诗画一律""无声诗""有声画"等，但诗歌与绘画分属不同的艺术类别，有各自的传达媒介和表现方式，各具特殊性。诗歌是时间艺术，通过语言文字来描绘事物在时间上先后承续的动作情节，宜于表现动态的事物；绘画是空间艺术，通过线条、形体和色彩来再现空间事物的轮廓和颜色，宜于描绘静态的事物。可以说，诗歌是"流动的时间艺术"，绘画是"定格的空间艺术"。

钱锺书《中国诗与中国画》言："诗和画既然同是艺术，应该有共同性；它们并非同一门艺术，又应该各具特殊性。"① 比较中西方诗画关系论，各有偏颇。中国诗画关系论偏向于两者的共同性，以诗画为具，绘象写心，发抒情志，力主诗画的渗透融合。西方诗画关系论偏向于两者的特殊性，认为诗是时间艺术，

---

① 钱锺书：《中国诗与中国画》，见《七缀集》，北京：生活·读书·新知三联书店2002年版，第7页。

宜于表现动态事物，画是空间艺术，宜于表现静态事物，主张诗画的独立性，并判别其优劣高下。简而言之，中国诗画相合于心物、意象，西方诗画对立于时空、动静。

中国历代以来，在诗画融合的主流思想中，几乎没人对诗画的艺术特殊性进行深入的阐释。直到 20 世纪初，德国莱辛《拉奥孔》被引入中国，才改变这种状态。中国文人画自清代以来，弊病渐生，诗画论也多是陈词滥调，无多新见。莱辛的诗画异质论，一扫陈见，让人颇有旧物新知之感，开始关注诗画的界限，尤其是绘画的局限性，由是重新审视中国传统诗画关系，并引发了学界争议。总的来说，莱辛诗画异质论的引介，让国人对中国传统诗画关系的认知更为全面深刻，也让人们对不同的艺术门类评价更为客观。

（一）中西诗画关系论

关于诗歌与绘画的关系，在中西方可谓背道而驰。中国诗画关系论的主导倾向是诗画同源同质和诗画融合，西方诗画关系论的主导倾向则是诗画异质论和判别优劣高下。这种差歧缘于中西方哲学思想和思维模式的差别。

1. 中国诗画关系论

诗歌与绘画的差别，西晋陆机评析道："宣物莫大于言，存形莫善于画。"诗歌善于用语言文字形容事物，绘画善于描绘事物的形状物态。类似的言论也见于南朝梁刘勰的《文心雕龙》："绘事图色，文辞尽情"，即绘画以图像记录事物的形貌色彩，而文章则以言辞发抒情感。北宋邵雍《诗画吟》也比较了诗画的差异："画笔善状物，长于运丹青。丹青入巧思，万物无遁形。诗笔善状物，长于运丹诚。丹诚入秀句，万物无遁情。"诗画相较，绘画善于状物，诗歌善于抒情，各有所长，也道出了两者的艺术差异。

　　唐宋以来，随着诗画的相互渗透，诗画融合的文艺评论渐成潮流，尤其是自北宋苏轼提出"诗中有画，画中有诗""诗画一律"以来，诗画的艺术差异越来越被模糊淡化，谈及诗画界限的言论，几乎淹没于其中。纵使谈论诗画差异，也往往为诗画同质同源作铺垫。中国诗画关系论的这种倾向，主要是受到中国哲学思想和思维模式的影响。

　　中国"天人合一"的哲学思想，是《周易》的核心思想，强调人与自然的协调统一。汉代董仲舒又提出"人副天数"："天亦有喜怒之气，哀乐之心，与人相副，以类合之，天人一也。"天人相副，故喜怒哀乐一也。因此，人见四时代序，万物迁流不息，心物感应，"遵四时以叹逝，瞻万物而思纷，悲落叶于劲秋，喜柔条于芳春，心懔懔以怀霜，志眇眇而临云"。心物相互感应，情随物兴，景以情迁，乃托诗言志，情景交融，又或藉画写意，心象合一。诗以情志为本，情以景生，景以情合，情景浑融，孤不自成，两不相背。画重形似，体物写真如在目前，后又重意兴神韵，寄兴适意，陶写性情，意象相合，情融于景。从这点来看，应目会心，状物写意，诗画无别。早期中国画用于挂饰，由职业画工绘制。汉代绘画，又重视鉴戒的政教功能。宋代以后，随着文人士大夫介入绘画，绘画不仅绘形写貌，更抒发情志。兼工诗画的文人士大夫，皆以诗画为陶写之具，如李公麟："吾为画，如骚人赋诗，吟咏情性而已。"再如金代李俊民："士大夫咏情性，写物状，不托之诗，则托之画。"既然诗画皆为文士陶写性情之事，在和合整一的文化观下，自然而然地融合为一。

　　和合整一的文化观，缘自中国的思维模式。中国思维模式"更重视整体性的模糊的直观把握、领悟和体验，而不重分析型的知性逻辑的清晰"①。这种整体直观的思维模式，源于对宇宙万物的一种整体认识：道。"道"是宇宙创生的根源，是一个不可分割的整体；宇宙万物的本源是"道"，故万物在本质上是相通的，也是一个不可分离的整体。这种思维强调用整个身心去观照、体悟自然万物的生命本体，从而达到一种"天地与我共生，万物合我一体"的境界。基于这种思维，世界是一个广大悉备的系统，"其间万物，各适其性，各得其所，绝无凌越其他任何存在者"。同时，世界又是一个交摄互融的系统，"其中一切存在及性相，皆彼是相需，互摄交融，绝无孤零零、赤裸裸而可以完全

① 李泽厚：《中国古代思想史论》，北京：生活·读书·新知三联书店2008年版，第328页。

单独存在者"①。因此，中国古人更注重事物的共性及其联系，倾向于弥合事物的差别，形成了和合互补、对立统一的文化观。这种和合整一的文化观，在一切相反、相对、相关的关系上，注重的是交会融合、浑然一体，如天人合一、情景交融、形神兼备、虚实相生等。不同类别的艺术，也致力于相融相合，如诗配乐而唱的乐府、词、曲；书法与绘画"异名而同体"；建筑是凝固的音乐，音乐是流动的建筑；舞蹈是活动的雕塑，雕塑是静止的舞蹈；诸如此类，不一而足。诗歌与绘画的融合，也就在情理之中了。

2. 西方诗画关系论

在西方，诗画关系也是一个古老的议题。最早论及诗画关系的是古希腊诗人西摩尼得斯："诗是有声画，画是无声诗。"古希腊古罗马贺拉斯也有一句名言："画如此，诗亦然。"西摩尼得斯的话被普卢塔克多次引述，与贺拉斯的话，在后世广为流传。美国白璧德曾言："16 世纪中叶到 18 世纪中叶，人人都用赞许的口吻提及贺拉期的'诗如画'，或西摩尼得斯的'诗是有声画，画是无声诗'。"但西方诗画关系论的主导思想并非是这种诗画同质论，而是诗画异质论。西方哲学思想重在概念分析，判断事物之间的差异，思维方式有较强的分析性、思辨性，强调差异、界

---

① 方东美：《中国形上学中之宇宙与个人》，见《方东美文集》，武汉：武汉大学出版社 2013 年版，第 557 页。

限、区别，所以特别强调诗与画的界限，而不大注重诗画的相通性。

　　早在古希腊，亚里士多德《诗学》就指出诗画的不同之处："有一些人，用颜色和姿态来制造形象，摹仿许多事物，而另一些人则用声音来摹仿。"克吕索斯托姆也比较了诗歌与雕塑的差异："我们塑每一座像的时候都只能塑一个姿态，这个姿态必须是牢固的、经久不变的……但是，诗人却可以把许多姿态包括到他们的诗歌中去，还可以描写人物的运动和休息，行动和言词。"还有普卢塔克，他引述西摩尼得斯的话，只是为了证明诗画都是模仿的艺术，两者是有着明显的区别的："绘画用的是现在时态，反映的是事情发生时的瞬间状况，而文学用的是过去时态，表现的是事情发生的全过程。"普卢塔克还说诗画彼此无关涉："绘画绝对与诗歌无涉，诗歌亦与绘画无关。"三人关于诗歌与造型艺术的差异比较，已从表现媒介和表现形态来区分诗画的界限，对后世的诗画比较启示很大。

　　诗画有别，两相比较，自有高下之争。希腊卢奇安认为画优于诗："希罗多德先生认为视觉更有力量，这是正确的。因为语言有翅膀，'一言既出，驷马难追'。但是视觉的快感是常在的，随时可以吸引观众。所以，可以断言，演讲家要同这间斑斓夺目的华堂争夺锦标，就难乎其难了。"达·芬奇也认为画胜于诗，说"画是哑巴诗，诗是盲人画"，但"试想哪一种创伤更重，是瞎眼还是哑巴？"又言眼睛是灵魂之窗，"能使最高感官满意的事

物价值最高",而"绘画替最高贵的感官——眼睛服务","诗人
利用了较为低级的听觉",故"断定画胜过诗"。也有人认为诗画
异质而诗胜于画,如狄德罗:"画家只能画一瞬间的景象;他不
能同时画两个时刻的景象,也不能同时画两个动作。"与狄德罗差
不多同时的德国文艺批评家莱辛撰述《拉奥孔》一书,成为西方
诗画相分论中最具影响的著述,比较诗画之界限后,最终得出诗
优于画的结论。这部著述在 20 世纪初被引介入中国,产生了重
大影响。

诗画比较论争一直延续到 19 世纪,主张画优于诗者不乏其
人,但诗优于画的观念已占据上风,且反对艺术之间的融合。德
国美学家黑格尔认为绘画"可以用外在的东西把内在的东西完全
表现出来",但又自相矛盾地说,在"抒情方面""绘画也落后于
诗和音乐……只能表现面容和姿势"。英国赫士列特反对"画中
有诗",说:"诗歌是比绘画更有诗意的。艺术家或鉴赏家大言不
惭地谈到画中有诗,他们显出对诗缺乏知识,对艺术缺乏热情。
画呈现事物本身,诗呈现事物的内涵……画表现事件,诗表现事
件的进程。"英国诗人雪莱也认为诗高于画:"语言更能直接表现
我们内心生活的活动和激情,比颜色、形相、动作更能作多样而
细致的配合,更宜于塑形象,更能服从创造的威力的支配……所
以,雕刻家、画家、音乐家等的声誉从来就不能与诗人的声誉媲
美。"到了 19 世纪,法国诗人波德莱尔明确反对艺术间的融合:
"今天,每一种艺术都表现出侵犯邻居艺术的欲望,画家把音乐

的声音变化引入绘画，雕塑家把色彩引入雕塑，文学家把造型的手段引入文学，而我们今天要谈的一些艺术家则把某种百科全书式的哲学引入造型艺术本身，所有这一切难道是出于一种颓废时期的必然吗?"

中国文人画史历经繁荣鼎盛之后，弊病渐生，诗画论也多是陈词滥调，无多新见。20 世纪初，莱辛的诗画异质论被引介入中国，让国人重新认知诗画关系，一扫陈见，重新对中国传统诗画关系进行了评价，并引发了一场学界争论。这让国人对中国传统诗画关系的认知更为全面深刻，也让人们对不同的艺术门类有更为客观的评价。

(二) 西学东渐

1766 年，德国莱辛发表美学著作《拉奥孔》，论述画与诗的界限。20 世纪初，留洋学人朱光潜、钱锺书等人分别将《拉奥孔》引介入国，莱辛的诗画异质论逐渐在国内传播接受，或用来批判中国传统诗画论，或比较中西诗画论，或兼而采之，影响极大。

1. 莱辛《拉奥孔》

拉奥孔是古希腊神话中的一个人物。希腊美女海伦被特洛伊人抢去，希腊人攻打特洛伊城十年而不克，在神的指示下，把一座大木马放于城外，让将士暗藏于马腹中，并假装撤退，隐避到附近的海湾。特洛伊人以为希腊人已经撤退，就把木马拖进城内。晚上，希腊将士爬出马腹，点燃火把，为城外的希腊战士打开城门，一举摧毁了特洛伊城。这就是希腊神话中著名的"木马计"。

当希腊人把木马放在城外时，城内日神庙的海神祭司拉奥孔意识到这是希腊人的诡计，警告特洛伊人不要将木马拖入城内。这触怒了希腊保护神雅典娜，为免"木马计"被拉奥孔破坏，便派出两条巨蛇直奔神庙而去。当时，拉奥孔的两个儿子正在祭坛祭祀，两条巨蛇先缠住两人，撕咬他们的四肢，等拉奥孔奔来相救时，也把他缠住，最终将拉奥孔父子三人活活地缠咬致死。

罗马诗人维吉尔（公元前 70—19 年）在史诗《伊尼特》中描写了拉奥孔父子被巨蛇缠死的故事。1506 年，在罗马又出土了雕像群《拉奥孔》，展现了拉奥孔与儿子被巨蛇缠死的情景。拉奥孔雕像群是意大利人佛列底斯在罗马提图斯皇宫遗址挖葡萄园时发掘出来的，轰动一时，引起了研究古希腊文化艺术的热潮。德国温克尔曼撰写了《论希腊绘画和雕刻作品的摹仿》《古代造型艺术史》等著作，认为古典艺术的理想是"高贵的单纯，静穆的伟大"。在他的影响之下，莱辛写成《拉奥孔》，主旨在于反对把温克尔曼的艺术理想应用到诗或文学的领域。《拉奥孔》通过比较《伊尼特》和雕像群中的拉奥孔形象，以《荷马史诗》和古希腊艺术为典范，探讨了诗与画之间的界限。

西方文艺史中的"模仿"说，认为艺术都是对客观自然的摹仿。莱辛在"模仿说"的基础上，比较了诗歌和雕像中拉奥孔形象的不同之处。首先，在史诗中，拉奥孔被蛇缠住时放声哀号，而在雕像里却不哀号，只是在面孔上表现一种轻微的叹息，具有希腊艺术的恬静和肃穆。希腊人在诗中不怕表现苦痛，在造型艺术中却永远避免因苦痛而带来的面孔挛曲的丑状。在造型艺术中，即使在表现痛感，仍追求形象的完美，试想拉奥孔张口大叫，单是张大的口，在画面是一个黑点，在雕刻中是一个空洞，就产生极不愉快的印象。在文字描写中，这样的号叫却不至于产生同样的效果，因为不会直接呈现出丑状。再次，史诗描写两条巨蛇缠住拉奥孔时，绕腰三道，绕颈两道，而在雕像中，仅绕着两腿，而且拉奥孔父子全身赤裸着。因为雕像要从全身筋肉去表现出拉奥孔的痛苦，如果让蛇缠绕腰颈，身着衣服，就无法看到从筋肉上表现出的痛苦，而诗史中，无论如何缠绕，又或者是穿衣还是裸体，都可以想象到拉奥孔的痛苦。

［希腊］阿格桑德罗斯等《拉奥孔雕像群》（罗马梵蒂冈美术馆藏）

同样题材的诗歌和造型艺术为什么会有这种差异呢？两相比较后，莱辛推原其理由，从而得出结论：

如果图画和诗所用的模仿媒介或符号完全不同，那就是说，图画用存于空间的形色，诗用存于时间的声音，如果这些符号和它们所代表的事物须互相妥适，则本来在空间中相并立的符号只宜于表现全体或部分在空间中相并立的事物，本来在时间上相承续的符号只宜于表现全体或部分在时间上承续的事物。全体或部分在空间中相并立的事物叫作"物体"（body），因此，物体和它们的看得见的属性是图画的特殊题材。全体或部分在时间上相承续的事物叫作"动作"（action），因此动作是诗的特殊题材。

图画的模仿媒介是存在于空间的形体、颜色，只适宜表现在空间中相并立的事物，即物体（body）；诗歌的模仿媒介是存在于时间的声音，适宜表现在时间上相承续的事物，即动作（action）。这样，在时空上区分诗画艺术：画用形色描绘在空间中某一瞬间的物体，属于空间艺术；诗用动作描写事物在时间延续上的动作，属于时间艺术。莱辛又说："绘画的理想是一种关于物体的理想，而诗的理想却必须是一种关于动作（或情节）的理想。"换而言之，画只宜于描写静物，诗只宜于叙述动作。诗画的接受方式也有所不同，绘画是通过视觉来接受的，艺术家将物体直接呈现在欣赏者眼前，欣赏者可通过视觉瞬间把握事物的整体，借助想象较少；诗歌是通过听觉来接受的，诗歌诉诸语言文字，欣赏者通过听觉感受作品所展示的性格变化和动作过程，一霎时不能把握住整体，所以需要借助记忆和想象来构造。

除此之外，莱辛还认为绘画只能表现"美"，诗歌却可以表现"丑"："诗人可以运用形体的丑。对于画家，丑有什么用途呢？就它作为模仿的技能来说，绘画有能力去表现丑；就是它作为美的艺术来说，绘画却拒绝表现丑。"

2. 西学东渐

莱辛的诗画异质论，最早是朱光潜于 1943 年引介入中国，钱锺书稍晚于朱光潜，于 1947 年撰文《中国诗与中国画》，借以比较中西诗画关系论。两人影响很大，却又有所不同，朱光潜对莱辛诗画异质论是批判地接受，后来宗白华于 1959 年发表《诗（文学）和画的分界》一文，也持这种客观的态度；钱锺书则是发扬"诗画异质"，进而评判诗画优劣。受钱锺书影响，1997 年邓乔彬撰《有声画与无声诗》对中国诗画进行整体的比较观照，而蒋寅于 2000 年发表论文《对王维"诗中有画"的质疑》，以诗画异质来质疑、否定王维的"诗中有画"，扬诗贬画。蒋寅的评论有失偏颇，从而引发了学界论争。2008 年以来，刘石又发表了系列论文，通过评析比较中西诗画关系论，回应了蒋寅的质疑。至此，通过这场争议，人们对诗画的认识就更为客观深刻了。

（1）对"诗画异质论"的批判。

莱辛对诗歌与绘画的辨别，对后世影响极大，直到如今诗人和画家仍无法摆脱其影响，但其理论的漏洞，也一直引起后人的批评，如赫尔德、斐德、白璧德等。莱辛立论的基础是《荷马史诗》，而忽略了抒情诗，这是其理论漏洞的根由；莱辛关于绘画是"单一瞬间的呈现"的理论过于粗略，在西方古典画史里，这也是有问题的，在中世纪的画中，不乏同时用"逆转透视"的例子，在文艺复兴时期，也有将不同时间的动作情节压缩于同一画面来制造"幻觉的空间"的。

中国传统的诗画关系主"和"而不主"分"，自有其渊源，也符合其实际。若以莱辛理论来分析中国诗画，也是有困难的。中国诗虽有叙事诗，但数千年来就有抒情的传统；中国画不仅仅是再现客观自然，自文人画以来也重抒情寄兴，而且中国山水画的空间构图采用散点透视，欣赏者并不会停留在"一瞬"的描摹上。而且中国画有手卷、册页等形制，对延续时间里的动作、故事有更大的表现自由。所以，在把莱辛"诗画异质论"引介入国时，朱光潜等人是批判地接受的，既肯定其贡献，也指出其缺陷。

朱光潜留学英法时，于1931年前后撰成《诗论》初稿，回国后于1943年由国民图书出版社出版。《诗论》第七章"诗与画——评莱辛的诗画异质说"，最早让莱辛的学说进入国人视野。1962年，朱光潜编写《西方美学史》教材，于次年出版，书中"德国启蒙运动"章也介绍了莱辛学说；编写《西方美学史》时，拟选译资料副编，其中就有莱辛的《拉奥孔》一书，1965年便已译完，但因文化大革命，直到1977年才出版。

朱光潜肯定了莱辛的贡献：①每种艺术自有其特殊的便利和限制。②艺术须借助物理媒介传达出去，成为具体的作品，但受到特殊媒介的限定。③讨论艺术，兼顾作品在读者所引起的活动和影响。但也指出其缺陷：①没有脱离"艺术即模仿"的老观念。②忽略作者与作品的关系。③避免丑陋的自然。④虽许可读者运用想象，但在阐述观点时，作者、读者对于目前形象只能一味地被动接收，不加以创造和综合，这是他的基本错误。⑤忽视了诗画作为艺术的共同特质，找不到一个共同物质去统摄一切艺术，没有看出诗画在同为艺术一层上有一个基本的同点。⑥艺术最大的成功，就是征服媒介的困难。画家用形色能产生语言声音的效果，诗人用语言声音能产生形色的效果。⑦用莱辛学说分析中国诗画有困难。朱光潜对莱辛理论的肯定和批评，很客观深刻。

宗白华《中国艺术意境之诞生》（1943年）和《中国诗画中所表现的空间意识》（1949年）两文，从意境和空间意识探讨中国诗画关系。1959年他在《新建设》第7期发表《诗（文学）和画的分界》一文，在莱辛理论的影响下，表述对诗画关系的看法：诗中有画，画中有诗，但诗画各有具体的物质条件，局限着它的表现力和表现范围，不能相代，也不必相代。诗画的界限虽不能泯灭，各有特殊的表现力和表现领域，但各自又可以把对方尽量吸进自己的艺术形式里来。而诗画的圆满结合，就是情和景的圆满结合，也就是所谓的"艺术意境"。

美国华人学者叶维廉于1977年撰文《"出位之思"：媒体及超媒体的美学》，列举中西诗画艺术，指出时间空间化，空间时间化，并有共同的指向，即"意境"，所以诗画界限并不像莱辛所说的那样泾渭分明；为达到这一"美感状态"（意境），诗画都超越媒体而指向这一领域，故诗画又超越了媒体的界限。但相较而言，西方诗画为此付出了一定的代价，而中国诗画则没有这种扭曲疏离感。叶维廉任教于美国加利福尼亚州大学，学贯中西，兼涉古今，视野宽阔，随着其著作在国内的出版发行，在学界具有较大的影响力。此文对莱辛理论的批判，很有见地，也很有代表性。

朱光潜、宗白华、叶维廉对莱辛理论的批判，都指出了诗画异质论的局限，而且也指出了诗画虽不能泯灭彼此的界限，但都尽力超越物理媒介的界限，征服媒介的困难，将对方吸收进自己的艺术形式里。尤其是朱光潜，还指出莱辛的"基本错误"，即虽许可读者运用想象，但在阐述观点时，读者对目前形象只能一味地被动接收，不加以创造和综合。所以，在莱辛看来，欣赏者观赏绘画时，运用想象力较少，在欣赏者眼里，绘画只是"单一瞬间的呈现"，再也没有其他的了。这也忽视了接受者的主观创造能力。

（2）对"诗画异质论"的发扬。

钱锺书对莱辛《拉奥孔》的评价见于《中国诗与中国画》《读〈拉奥孔〉》两文。《中国诗与中国画》最早登载于1947年的《开明书店二十周年纪念文集》，《读〈拉奥孔〉》最早发表于《文学评论》1962年第5期。两文原收入1979年上海古籍出版社出版的《旧文四篇》里，1984年将《旧文四篇》和《也是集》上半部，拼拆缀补而成《七缀集》，次年由上海古籍出版社出版。

正如钱锺书在《中国诗与中国画》所言："诗画既然同是艺术，应该有共同性；它们并非同一门艺术，又应该各具特殊性。"相较于朱光潜等人，钱锺书更侧重于揭示诗画各自的特殊性。他以莱辛诗画异质论来观照中国诗画，划分诗画界限，并评判诗画优劣。

在《中国诗与中国画》中，钱锺书指出南宗画和神韵诗是同一艺术原理在两门不同艺术的体现，但南宗画是画中高品或正宗，而相当于南宗画风的神韵诗却不是诗中高品或正宗。在中国传统文化批评里，论画重虚，认为南宗是标准画风，王维在旧画系统里坐第一把交椅；论诗重实，否认神韵派是标准诗风，故旧诗首席轮不到王维，而是杜甫。所以，在正宗、正统这一点上，诗画不一律。

钱锺书认为不同的文艺形式各有自身的优势，去实行某种职能。在《读〈拉奥孔〉》中，他却明显偏向于诗，论述诗较之于画所具有的优势，说明诗歌的表现面比起绘画，要比莱辛想象的更为广阔。

钱锺书指出绘画除了时间上承先启后的情况外，其他如嗅觉、触觉、听觉的事物以及不同于悲、喜、怒、愁等有明显表情的内心状态，也都是"难画""画不出"的。莱辛认为一篇"诗歌的画"不能转化为一幅"物质的画"，因为绘画绘形，只能表达空间的排列，不能表达时间上的后继。钱锺书更进一步说，即使写静止景象的"诗歌的画"，也未必就能转化为"物质的画"，如同一时间而不同空间里的景物联系配对，互相映衬，绘画只会将两者平铺并列，诗句中这种表示分合错综的关系，绘画是难以画出的；还有笼罩的气氛性的景色，如"湿人衣"的空翠、"冷青松"的"日色"也很难画出；又如情调的气氛，例如弥尔顿将地狱总结为"死亡的宇宙"，也是造型艺术办不到的。

诗歌里渲染的颜色、烘托的光暗可使画家感到彩色碟破产，诗歌里勾勒的轮廓、刻画的形状可能使造型艺术家感到凿刀、画笔力竭技穷。即使诗歌描写一个静止的简单物体，也常有绘画无法比拟的效果，如诗文里颜色字有"虚""实"之分，调和黑暗和光明的矛盾，以此创辟新奇的景象，绘画纵使能画，也画不出语言文字的艺术效果。还有文学语言中的比喻，有些是不符合逻辑的，这种"似是而非，似非而是"的情景，造型艺术很难表达。有些画家过于坐实，拘于文字，反遭世人讥笑。纵使诗文里的比喻能入画，"画也画得就，只不像诗"。

一幅画只能画整个故事里的一场情景，所以画家应当挑选全部"动作"里最耐寻味和想象的那"片刻"，千万别画故事"顶点"的情景。一到顶点，情事的演展到了尽头，不能再"生发"了，而所选的那"片刻"，包含以前种种，蕴蓄以后种种，是包孕最丰富的"片刻"。这点广为美学家所接受。但是，不独绘画，诗文叙事也有临近终点，戛然收场的。这种手法，一如绘画的"引而不发跃如也""盘马弯弓惜不发"。

综上所述，诗有画之所不能，而画之所长，诗亦能之。所以，钱锺书又言，比起绘画来，诗歌的表现面，要比莱辛想象的更为广阔。换而言之，即诗优于画。

钱锺书学富五车，例子随手拈来，令人折服。受钱锺书的影响，邓乔彬于1993年出版《有声画与无声诗》，对中国诗画的异同作了全面的比较，在表现对象上，诗立足于人生而画走向自然；在思想基础上，诗以儒学为思想基础，故多言人间事业，画以道释为思想基础，故多写林下风流；在社会功能上，诗以言志而情志合一，画以畅神而怡悦情性；在主体风格上，诗重写实，求辞达而已，画重写意，至于大象无形；在美学特征的融合上，诗收空于时，可空间假借，画寓时于空，可时间凝缩；在形象营造上，诗画有共同的趋向，诗得意忘言，重道轻物，以形写神，画析词尚简，气韵生动，得传神之道；在艺术表现上，诗画互补，诗中有画而创造画意，画中有诗而表现诗情；在后期创作，诗画相通，禅宗向诗歌渗透，以禅入诗，以禅喻诗，画亦受禅宗影响，以禅论画，创山水画南北宗论。至此，南宗画与神韵诗相通。书中颇多卓见，启人神思，被若冰称为"中国的《拉奥孔》"[①]。

自苏轼评王维"诗中有画，画中有诗"以来，这句话便成为评价王维的常语，也掩盖了王维诗歌的其他特色。20世纪80年代始，学界探讨王维诗画关系的论著越来越多，研究越来越深

---

① 若冰：《进入新境地：诗画比较研究——评邓乔彬著〈有声画与无声诗〉》，《文学遗产》1995年第1期。

入，对"诗中有画"说提出质疑，尤其是蒋寅承袭莱辛、钱锺书的诗画关系论，撰文《对王维"诗中有画"的质疑》，从而在学界引发了争议。

（3）关于王维"诗中有画"的论争。

苏轼《书摩诘蓝田烟雨图》："味摩诘之诗，诗中有画。观摩诘之画，画中有诗。诗曰：'蓝溪白石出，玉川红叶稀。山路元无雨，空翠湿人衣。'此摩诘之诗，或曰非也，好事者以补摩诘之遗。"此后，"诗中有画，画中有诗"常常用来评价王维，成为世人对王维的共识。

20 世纪 80 年代以来，文达三、金学智、毕宝魁①等人探讨王维的诗画关系，阐述王维诗歌中的"绘画形式美""绘画美""画境""画意"。随着研究更为深入全面，渐有异议。1986 年，许永璋《王维诗品新议》② 认为王维诗歌可分为"朝省应制类""山水田园类"和"诗画混成类"，认为"诗中有画"不足以概括其艺术的高妙。1990 年，陈铁民《王维诗歌的写景艺术》③ 也认为"诗中有画"不能概括王维写景诗歌艺术的主要特点和成就，它只是一个重要特点和成就。

---

① 参见文达三：《试论王维诗歌的绘画形式美》，《中国社会科学》1982 年第 5 期；金学智：《王维诗中的绘画美》，《文学遗产》1984 年第 4 期；毕宝魁：《试论王维诗中的"画境"》，《广州师院学报》1988 年第 3 期。

② 许永璋：《王维诗品新议》，《学术月刊》1986 年第 9 期。

③ 陈铁民：《王维诗歌的写景艺术》，见陈铁民：《王维论稿》，北京：人民文学出版社 2006 年版。

2000 年，蒋寅撰文《对王维"诗中有画"的质疑》①，承袭莱辛、钱锺书的诗画关系论，从"诗向画转换而画有所不能"这个角度来质疑王维的"诗中有画"。根据莱辛、钱锺书的诗画异质论，画只宜描写静物，不能表现时间延续上的动作和情节；画是通过视觉来把握事物的整体，所以除视觉之外的诸觉表达也是无能的。以此来审视王维诗歌向绘画的转换，蒋寅指出王维诗歌有鲜明的绘画性，但最能代表其特色和地位的，恰好是不可画的，"更准确地说是对诗歌表达历时性经验之特征的最大发挥和对绘画的瞬间呈示性特征的抵抗"。所以强调王维"诗中有画"及与绘画的关系，不仅不能突出王维的独特性，某种程度上可能遮蔽了形成王维诗风更本质的东西。而且，诗画之间，莱辛说"能入画与否不是判定诗的好坏的标准"，"一幅诗的图画并不一定就可以转化为一幅物质的图画"。钱锺书也指出，"有诗"是对中国画的最高要求，"有画"却不是对诗歌的最高要求。这样的话，就不仅是诗画异质和绘画表达的限度，更着重强调诗画艺术相位的高下，亦即诗优于画。所以，对世人一味以"诗中有画"来总结评价王维诗歌，蒋寅认为"从起点上就陷入了一种艺术论的认识迷误"，已然损害了王维诗的艺术价值。

蒋寅的质疑，否定了历来对王维诗歌的共识，在学界内引发了论争，众学者纷纷撰文以陈己见，如陈育德《"诗中有画"是

---

① 蒋寅：《对王维"诗中有画"的质疑》，《文学评论》2000 年第 4 期。

"艺术论的认识迷误"吗？——〈对王维"诗中有画"的质疑〉^①、邓国军《浑然一体 尺幅千里——"诗中有画"内蕴辨正》^②、李良中《历代"诗中有画"所引起的争论及其实质》^③、尚永亮《"诗中有画"辨——以王维诗及相关误解为中心》^④ 等。综合诸人所论，首先集中于阐述"诗中有画"的"画"。"诗中有画"，主要是说诗中描写的物态和表现的情景就像画一样，形象地呈现在读者眼前，令人有宛然在目之感，而且还内含言外之意和供人想象的空间，而这种不尽之意，是由欣赏者对光、色、态感知而形成，又或由历时性意象映射出的氛围和意境，这是一种难以描画的景致，也就是不能入画的部分。蒋寅将"有画"等同于"可画"，认为诗中画意都可以拿来入画，这过于刻板了。其次主要探讨诗画的转化。诗画分属不同的艺术门类，各有其独特的表现能力和范畴，诗转化为图画有难度，但并不妨碍读诗而有宛在目前之感，所以"诗中有画"，又何必非要将诗中景物拿来作画。况且，无论将有画之诗拿来入画，还是将有诗之画拿来作诗，高明的诗人和画家都不会毫无增删地依样照搬，期间是会

------

① 陈育德：《"诗中有画"是"艺术论的认识迷误"吗？——〈对王维"诗中有画"的质疑〉的质疑》，《安徽师范大学学报》2001年第4期。

② 邓国军：《浑然一体 尺幅千里——"诗中有画"内蕴辨正》，《学术界》2005年第5期。

③ 李良中：《历代"诗中有画"所引起的争论及其实质》，《四川教育学院学报》2006年第3期。

④ 尚永亮：《"诗中有画"辨——以王维诗及相关误解为中心》，《社会科学研究》2010年第1期。

有接受学上的意义增殖的。经过这种意义增殖，写出的诗或作出的画未必不好，未必不会超过原诗或原画。所以，"诗中有画"不但没有损害其艺术价值，反倒是对其艺术价值的高度张扬。

关于王维"诗中有画"的论争，徐伯鸿《略谈王维"诗中有画"问题研究中的两个误区》① 认为存在两大误区：一是扩大了"诗中有画"的外延，认为"诗中有画"是王维诗歌最大的艺术特色。事实上，"诗中有画"都是针对诗歌写景部分而言。所以，"诗中有画"并不是王维诗歌最大的艺术特色，而是王维诗歌描写景物的最大特色。二是缩小了"诗中有画"的外延，把中国古代诗画本能相互交融砥砺的部分看成是不可能的而加以批评。究其因，主要有三：其一，简单地把莱辛在《拉奥孔》中一些结论拿过来作为研究中国古代"诗中有画"问题的理论依据；其二，没有看到中国古代绘画中"运动透视"方法和"手卷"这种特殊形式的作用；其三，忽略了审美接受者的再创造想象和联想之功。

徐伯鸿总结分析得极其到位，而关于王维"诗中有画"的论争，已不再仅仅局限于此，更扩大到中国诗画关系的范畴内。蒋寅一文的理论基础源自莱辛、钱锺书的诗画关系论，对王维"诗中有画"的质疑，可以说是"诗画异质""诗优于画"论的继续

---

① 徐伯鸿：《略谈王维"诗中有画"问题研究中的两个误区》，《南阳师范学院学报》2006 年第 7 期。

发扬，而学者的论争又进一步促进了对诗画关系的认识。如徐伯鸿对缩小"诗中有画"的外延的原因分析，不仅让人在以西方文艺理论观照中国文艺时有所警醒，而且更让人看到独具民族特色的中国绘画对物理媒介的超越，也看到审美接受者的再创造想象和联想之功。再如刘石发表的系列论文：《"诗画一律"的内涵》《西方诗画关系与莱辛的诗画观》《诗画平等观中的诗画关系——围绕"诗中有画"说的若干问题》《中国古代的诗画优劣论》，①分析了中国"诗画一律"的内涵，并对西方诗画关系与莱辛的诗画观进行辨析批判，指出不应唯莱辛诗画理论马首是瞻，认为"画劣于诗""画优于诗"都是片面认识，更认可"诗画一律"论和"诗画无高下"论。

从朱光潜、钱锺书将莱辛《拉奥孔》引介入中国起，无论是批判地接受，还是片面地发扬，都让人对诗画关系有更为深刻全面的认识。历代以来，中国诗画关系都以"一律""同一""融合"为主流，莱辛的诗画异质论虽有其局限之处，但也让人注意到诗画作为不同艺术门类的界限。

这场论争，让人忍不住继续追问：诗画因其物理媒介而各有所限，那诗画是如何超越媒介的界限而尽可能扩大自身的表现力

---

① 刘石系列论文：《"诗画一律"的内涵》，《文学遗产》2008 年第 6 期；《西方诗画关系与莱辛的诗画观》，《中国社会科学》2008 年第 6 期；《诗画平等观中的诗画关系——围绕"诗中有画"说的若干问题》，《文艺研究》2009 年第 9 期；《中国古代的诗画优劣论》，《文学评论》2010 年第 5 期。

的呢？对于这个问题，学界也多有阐述，如诗歌的空间性，宗白华、邓乔彬、刘若愚①都有所论述，而绘画的时间性，伍蠡甫、邓乔彬、刘石、罗丹②等也有所论述，都给人极大的启发。但这场论争，尤其是在"诗画异质""诗优于画"的影响下，让人对绘画的界限认识更为深刻，中国传统诗画关系论也因此受到质疑，故下文专就绘画来谈其对媒介界限的超越。

（三）超越界限

诗画异质，各有疆界。艺术借助物理媒介传达出去，从而成为具体的作品，同时又受到特殊媒介的限制。诗的物理媒介是语言文字，画的物理媒介是线条、形体和色彩，各有其物质媒介，也各有其特殊的表现力和表现领域。但是，以媒介性能的分辨来作为艺术美学的最终识别，终有不妥之处，而且艺术也会超越媒介的界限，将其他媒介的艺术吸进自己的艺术形式，如诗以时观

---

① 宗白华《中国诗画中所表现的空间意识》（载于《美学散步》）、邓乔彬《有声画与无声诗》第五节"有声画与无声诗——诗画美学特征的融合"、刘若愚《中国诗歌中的时间、空间和自我》（载于《古代文学理论研究》第四辑），对诗歌的空间均有所论述。

② 伍蠡甫《试论画中有诗》（载于《中国画论研究》）从"迁想妙得""手卷"谈绘画"寓时于空"，邓乔彬《有声画与无声诗》第五节"有声画与无声诗——诗画美学特征的融合"从"画的寓时于空"及"画的时间凝缩"谈"画的时间性"，刘石《西方诗画关系与莱辛的诗画观》和《中国古代的诗画优劣论》从"想象"这一角度谈欣赏者在欣赏时对画面情节和内涵的补充和感受，罗丹《罗丹艺术论》第四章"艺术中之动作"谈造型艺术中的"动作"表现，这些论述给人极大的启发。本书关于绘画对物理媒介的超越，主要受此影响。

空，画寓时于空，所以中国诗画艺术的时空难以进行泾渭分明的划分。文艺评论者却往往忽略了绘画对媒介界限的超越，认为诗优于画。这或缘于对绘画的认知不及诗歌艺术，从而下论有偏颇之处。

绘画对媒介界限的超越，可从艺术欣赏和艺术创作两个角度进行阐释。观者在欣赏时，会运用想象，并不仅仅停留在绘画所呈现的那一瞬间，而会通过再造想象和联想之功，突破人类感觉器官的局限，并打破绘画所呈现的这一瞬间相对静止状态的局限。莱辛基于"模仿说"，认为观者在欣赏绘画时，借助想象较少，而欣赏诗歌时则需要借助记忆和想象来构造，这就使得观者对绘画艺术只能一味被动地接受，不加以创作和综合。这也就是朱光潜说的莱辛的"基本错误"。

绘画虽然限于物理媒介，不能表现时间延续里的动作和情节，然而画家也会匠心独运，在表现事物时，选择最富于孕育性的片刻，使绘画具有极大的暗示性，使人长久地反复体味，越看越有所启发，化静为动，以一静面表现全动作的过程。画家在进行艺术创作时，虽然限于物理媒介，仅能呈现"一瞬间"，对于动作情节的发展变化，貌似无能为力，但是在中外画史上，都不乏叙事题材的绘画作品，这些绘画在表现叙事题材时，画家匠心独运，在画面上巧妙地描绘出动作和情节的承续，富于"叙事性"。

1. 观者的迁想妙得

莱辛从时空艺术来区分诗画，认为绘画不能表现事物在时间延续中的发展变化，后经钱锺书等人的发扬，指出绘画除了不能描绘历时性的变化外，也不能表达除视觉以外的诸觉，如听觉、嗅觉、触觉等。若从诗画异质论来看，绘画的物理媒介确实限制了它的表现力和表现领域，以此立论，这是颠扑不破的。但是，这忽略了绘画欣赏者的鉴赏接受能力。一幅画将艺术形象呈现于观者眼前，观者不可能仅仅停留在画面所呈现的那"一瞬间"，而会被画面唤起生活经验，激发情感体验，凭借再造想象和联想之功，突破媒体界限，获取更多的艺术意韵。

中国古代的形象思维特征，使人们在欣赏中国绘画时尤其需要想象，正如苏联涅陀希文所言："古代中国画一如中国古诗一样很不易懂。为了理解中国大师们的独特语言，为了明白他们的立意和激情，必须整个投入另一个世界的怀抱，这个世界就是中国古代文化及其浩瀚深奥的哲理、教理和大量的形式联想、妙趣横生的影射。"所以，从观者的审美心理学来看，中国绘画巧妙运用其形体、颜色等可视形象，令观者"迁想妙得"，观画如闻其声、嗅其味、感其冷暖……此外，中国山水画的散点透视，也让观者在纸上山水间游目骋怀，恍如游走于山水之间。这种与山水坐卧相对，神游于画中山水间的体验，实际上也是观者通过想象，在画面上进行一场没有位移的运动。

（1）实者逼肖，虚者自出。

作为造型艺术，绘画只能通过颜色线条来表现物体或形态，而观者也主要通过视觉来欣赏和接受绘画。物理媒介限制了绘画的表现能力和表现范围，在表现视觉以外的听觉、嗅觉、触觉等，以及人的内心状态，或人与景象的意态韵致、品格精神，都有所局限。

因绘画只能表现时间上的片刻，钱锺书曾指出唐代徐凝《观钓台画图》诗中的"欲作三声出树难"句，终究画不出"三声"连续的猿啼；然后又言，如果"猿鸣三声泪沾裳"写成"欲作悲声出树难"或"欲作鸣声出树难"，那就只是说图画只能绘形而不能"绘声"。古人不少也道出了绘画表现"声音"的局限，如唐代方干《项洙处士画水》："画石画松无两般，犹嫌瀑布画声难。"宋代罗大经《鹤林玉露》："绘泉者不能绘其声。"明代董其昌："'水作罗浮磬，山鸣于阗钟'，此太白诗，何必右丞诗中画也？画中欲钟、磬不可得！"清代，宋琬《破阵子·关山道中》有句："半紫半红山树，如歌如哭泉声。六月阴崖残雪在，千骑宵征画角清，丹青似李成。"李成画有《关山图》，宋琬词中言关山景物似李成的丹青，然则王士禛却评道："李营丘图只好写景，能写出寒泉画角耶？"陈世祥《好事近·夏闺》亦有句："燕子一双私语落，衔来花瓣"，王士禛也评道："燕子二语画不出。"近代，齐白石用工笔、写意图写荷花、水仙、牵牛花等，螳螂、蜻蜓、蝉、蜜蜂等昆虫点缀其间，栩栩如生，跃然纸上，形态逼真，然而却恨其终不能像真实世界里的昆虫一样发声，故将此画册题名为"可惜无声"。

再如幽远益清的梅香，也是难形之画，如宋代陈著《代跋汪文卿梅画词》："梅之至难状者，莫如'疏影'，而于'暗香'来往尤难也！岂直难而已？竟不可！逋仙得于心，手不能状，乃形之言。"蔡戡《题墨梅》也道出此种无奈："也知笔力窥天巧，无奈清香画不成。"再如无名氏《朝中措》（山城水隘小桥傍）："纵有丹青图画，难描幽韵清香。"

齐白石《可惜无声册》自题名

触觉也是如此，明代张岱《与包严介》也指出了"冷""湿"难以画出："王摩诘《山路》诗'蓝田白石出，玉川红叶稀'，尚可入画，'山路原无雨，空翠湿人衣'，则如何入画？又《香积寺》诗'泉声咽危石，日色冷青松'，泉声、危石、日色、青松，皆可描摹，而'咽'字、'冷'字，则决难画出。"清代叶燮《原诗 · 内篇下》评论杜甫《玄元皇帝庙》中"初寒碧瓦外"的妙处，道："凡诗可入画者，为诗家能事。如风云雨雪景象之虚者，画家无不可绘之于笔。若初寒、内外之景色，即董（源）、巨（然）复生，恐亦束手搁笔矣。"

绘画能描貌绘形，但在表现人的内心状态时，却有所不能，如唐代李白《静夜思》："举头望明月，低头思故乡"中的"思故乡"如何描画？再如高蟾《金陵晚望》："世间无限丹青手，一片伤心画不成。"宋代，如方千里《还京乐》（岁华惯）："纵有丹青笔，应难摹画憔悴。"元代方回《九日归自南山》："相送依依意，丹青画不成。"

在表现人或景物的意态韵致、品格精神时，也有不少人认为能力有限，如宋代，张孝祥《浣溪沙》首两句："妙手何人为写真，只难传处是精神。"范成大《鹧鸪天·席上作》："坐中更有挥毫客，一段风流画不成。"邵棠《梅》："破荒风信到花英，标格孤高画不成。"刘子翚《海棠花》："几经夜雨香犹在，染尽胭脂画不成。"朱淑真《卜算子·咏梅》："雨后清奇画不成，浅水横疏影。"刘克庄《沁园春·梦中作梅词》："幽雅意，纵写之缣楮，未得毫芒。"元代贡奎《题赵虚一山水图》："清幽到处画不出，自遣数语人间传。"

对此，清代潘焕龙《卧园诗话》道："昔人谓'诗中有画，画中有诗'，然绘水者不能绘水之声，绘物者不能绘物之影，绘人者不能绘人之情，诗则无不可绘，此所以较绘事为尤妙也。"不过，早在潘焕龙之前，清代邹一桂《小山画谱》已遥相应答："人有言：绘雪者不能绘其清，绘月者不能绘其明，绘花者不能绘其馨，绘人者不能绘其情。以数者虚而不可以形求也。不知实者逼肖，则虚者自出，故画北风图则生凉，画云汉图则生热，画水于壁则夜闻水声。谓为不能者，固不知画者也。"这段话很值得玩味，"实者逼肖，则虚者自出"，绘画图写人物与景象，如能逼真形似，激发想象，自会激发观者的生活经验和情感体验，画所不能形绘的"虚者"，诸如声音、味道、冷暖、内心状态等，自会凭想象而获得。

（宋）佚名《海棠蛱蝶图页》（北京故宫博物院藏）

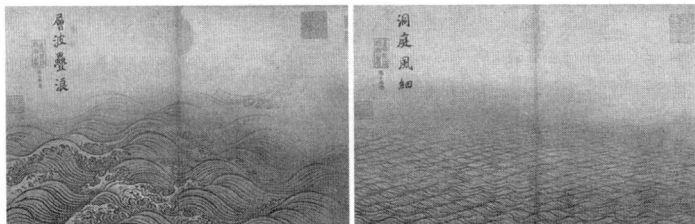

（宋）马远《水图卷》（局部）（北京故宫博物院藏）

如此这般，虽有画所不能绘者，观者自会凭借"想象"这舟筏，到达艺术的彼岸。如李白《求崔山人〈百丈崖瀑布图〉》："龙潭中喷薄，昼夜生风雷"、白居易《画竹歌》："举头忽看不似画，低耳静听疑有声"、陆游《题莹师〈钓台图〉》："未可匆匆便持去，夜窗吾欲听滩声"、陈克《大年流水绕孤村图》："流水寒鸦总堪画，细看疑有断肠声"、米芾《画史》称范宽山水"溪出深虚，水若有声"，无不观画而闻其声。再如苏轼《黄葵》看画而似闻其香："君看此花枝，中有风露香。"再如苏辙《韩幹三马》，观画而似知马腹中事："画师韩幹岂知道，画马不独画马皮。画出三马腹中事，似欲讥世人莫知。"再如何景明《吴伟飞泉画图歌》，观画中飞泉而感寒："客堂六月生昼寒，耳中仿佛高江滩。"

其实，诗歌以语言文字描绘听觉、视觉、嗅觉、触觉等，读者也需要发挥想象方可获得，如陆机《拟西北有高楼》："佳人抚琴瑟，纤手清且闲。芳气随风结，哀响馥若兰。"杜甫《船下夔州郭宿，雨湿不得上岸，别王十二判官》："晨钟云外湿，胜地石堂烟。"王维《听宫莺》:"春树绕宫墙,春莺啭曙光。"李贺《天上谣》:"天河夜转漂回星,银浦流云学水声。"刘驾《秋夕》:"促织灯下吟,灯光冷于水。"若以《荀子》所言"人之百事,如耳、目、鼻、口之不可相借官也",那诗歌也无法跨越诸觉的界限,但若以《列子》所言"眼如耳,耳如鼻,鼻如口,无不同也,心凝神释",则通感、联觉本为人之本能,诗歌可以,绘画自然也可以通过线条颜色来唤起人的听觉、嗅觉、触觉等经验,通过想象使人观画而能闻其声、嗅其味、感其冷暖等。以此立论,则画又何曾受到媒介的束缚呢?由此观之,言画之不能者,其实是不知画。

此外,优秀的绘画不会止步于对人或景物的亦步亦趋的形似描摹,更追求绘画的神韵。《韩非子·外储说左上》最早提出画鬼容易画犬马难,因为犬马人所共知,要求逼真形似,而鬼魅无形,反而容易发挥。但到了宋代,欧阳修《题薛公期画》却提出画鬼难,因为鬼魅固易摹其形状,但要画出鬼魅那种阴威惨淡、变化超腾而寄奇极怪,令人见而骇绝的神韵也不容易。从画鬼容易到画鬼难,就可以看出绘画从对形似到对神韵的追求。再如唐代朱景玄《唐朝名画录》中记载韩幹、周昉为郭子仪婿赵纵写真,两画皆极形似,难分轩轾,但郭子仪女儿却指出后者更佳,因为"前画者空得赵郎状貌,后画者兼移其神气,得赵郎情性笑言之姿"。可知,绘画已不仅仅停留在形似,更追求人物神韵了。由是观之,言绘画难以表现人之内心活动,以及人或景物的意态韵致、品格精神，或缘于画家水平低下，未能传神写照。若是以低水平的绘画判决绘画的"不能"，未免失之片面。

（元）王蒙《青卞隐居图》（上海博物馆藏）

（2）坐卧相对，目游神移。

从物理媒介来说，绘画只能呈时间轴上的"一瞬间"，但中国画尤其是山水画的构图，艺术地而非科学地构建画境，将多种视角的山水景色构成一个整体环境，令观者坐卧相对时，目游神移，回环游视，又突破了时间的限制。

相较中西绘画而言，西方传统绘画重写实求真，更倾向客观地"再现"自然，中国传统绘画则重抒情写意，更倾向于主观地"表现"自然。基于此，中西绘画的透视法亦各有不同。西方绘画的"焦点透视"，在观察物象时，视点固定不动，物象客观真实地呈现出近大远小、近实远虚、垂直大而平行小的现象，但受时空限制，视点以外的便无法摄入画中。清代画家邹一桂曾评论焦点透视法道："西洋人善勾股法，故其绘画于阴阳远近，不差锱黍，所画人物、屋树，皆有日影。其所用颜色与笔，与中华绝异。布影由阔而狭，以三角量之。画宫室于墙壁，令人几欲走进。学者能参用一二，亦其醒法。但笔法全无，虽工亦匠，故不入画品。"邹一桂虽然对其评价不高，但也道出了焦点透视法的特点，绘画时注意阴阳向背、光影变化、远近阔狭，乃以三角勾股法度量而画之，在画面上真实地再现自然，如画宫室于墙壁，就乱真得让人几欲走进去。

　　中国绘画的透视法与西方迥异，宋代沈括在《梦溪笔谈》里曾提出"以大观小之法"："李成画山上亭馆及楼阁之类，皆仰画飞檐。其说以谓'自下望上，如人立平地望塔檐间，见其榱桷'。此论非也。大都山水之法，盖以大观小，如人观假山耳。若同真山之法，以下望上，只合见一重山，岂可重重悉见，兼不应见其溪谷间事。又如屋舍，亦不应见中庭及巷中事。若人在东立，则山西便合是远境。人在西立，则山东便合是远境。似此如何成画？李君盖不知以大观小之法，其间折高折远，自有妙理，岂在掀屋角也？"李成画山上亭馆楼阁之类，皆仰画飞檐，因为自下望上，仿如立于平地望塔檐，仅见其榱桷而已。这种透视法，无疑更符合客观事实，但沈括对此却颇不认同，认为若以此法画山水，那么自下往上望，只能见一重山，那如何尽见重山及山中溪谷？至于屋舍，又如何见得中庭及巷中事？再如人自山的东面向西看，那山的西面便是远境，若自山的西面向东看，则山的东面便是远境……如此这般，何以成画？所以画山水，当以大观小，如人观假山，用"心灵的眼"，笼罩全景，从整体来看部分。

沈括提出的"以大观小"法，正是中国绘画的透视法：在观察客观世界时，画家的视点笼罩全景，可随意移动，从不同的角度同时察看，不但可从前山看，也可从后山看，既可仰视，也可俯瞰，不受时空的限制，没有固定的视线方向。这种"以大观小"法，后人依据西方的"焦点透视"，取名为"散点透视"。因其不定点的透视特点，又或称之为"运动透视"。中国画家以散点透视来全面整体地观照宇宙，不固定于某一个角度，而是"流动着飘瞥上下四方，一目千里，把握全境的阴阳开阖、高下起伏的节奏"[①]。

对于中国绘画的透视法，宗白华认为西方绘画的透视法，体现了物、我对立的观点，画中的景物与空间是画家立在地上平视的对象，由一固定的主观立场所看见的客观境界，而中国绘画的散点透视，却不是物、我的对立抗衡，而是纵身大化，与物推移："中国画的透视法是提神太虚，从世外鸟瞰的立场观照全整的律动的大自然，他的空间立场是在时间中徘徊移动，游目周览，集合数层与多方的视点谱成一幅超象虚灵的诗情画境。（产生了中国特有的手卷画）所以它的境界偏向于远景。"[②] 紧接着，宗白华

①　宗白华：《中国诗画中所表现的空间意识》，见《美学散步》，上海：上海人民出版社 1981 年版，第 82 页。

②　宗白华：《论中西画法的渊源与基础》，见《美学散步》，上海：上海人民出版社 1981 年版，第 111 页。

又指出："'高远、深远、平远',是构成中国透视法的'三远'。""三远",是由宋代画家郭熙在《林泉高致》中提出的:

山有三远:自山下而仰山巅,谓之高远。自山前而窥山后,谓之深远。自近山而望远山,谓之平远。高远之色清明,深远之色重晦,平远之色有明有晦。高远之势突兀,深远之意重叠,平远之意冲融而缥缥缈缈。其人物之在三远也,高远者明了,深远者细碎,平远者冲澹。明了者不短,细碎者不长,冲澹者不大。此三远也。

换而言之,高远是"自下而仰其巅",深远是"自前而窥其后",平远是"自近而望及远"。可知,人的视线是流动、转折的,由高转深,由深转近,再横向于平远。由此构建的山水画境,也不是写实的,而是以一管之笔,拟太虚之体,于尺幅之内,写千里之景,而重重景象,虚灵绵邈。山水画论对此早有阐发,如南朝宋宗炳《画山水序》:"今张绡素以远映,则崐阆之形可围于方寸之内,竖划三寸,当千仞之高,横墨数尺,体百里之远。"王微《叙画》也有所阐释:"古人之作画也,非以案城域,辨方州,标镇阜,划浸流,本乎形者融,灵而变动者心也。灵无所见,故所托不动,目有所极,故所见不周。于是乎一管之笔,拟太虚之体,以判躯之状,尽寸眸之明。"

从物理时空来说,绘画只能描绘"一瞬间",但通过散点透视构建的绘画时空，却突破了时空的界限，将不同时间和空间的物体置于同一画面之中，已不停留于"一瞬间"，在空间上有移步换形之变，在时间上又有四时、阴晴朝暮之异。这样的山水构图，避免了单一的视点，而集合了多层次、多角度、多方位的视点移动，而画家的空间立场在时间中徘徊游移，也使得空间艺术渗透着时间的意味。此即所谓"以静观动"。

从绘画媒介的物理性来看，绘画表现了时间轴上的"一瞬间"，但观者会通过想象，使画面所呈现的内容进行前后延续的"运动"，进行一场"没有位移的运动"。而且，中国山水画散点透视的观照方式，突破了时空界限，拓展了绘画的时间和空间，观者欣赏绘画时，绘画多层次、多角度、多方位的视点移动，也会引导观者以"游"的方式用目。由此，观者移入遨游，仿佛置身画中，在画中回环游视。据《宋史》及《历代名画记》可知，宗炳好山水，栖丘饮壑三十余年，远游山川，往必忘返，曾西陟荆巫，南登衡岳，一度结庐衡山，后因病返还江陵，自叹道："老疾俱至，名山恐难遍睹，唯当澄怀观道，卧以游之。"遂将所游历的山水悉图之于室壁，坐卧相对，澄怀味象，游目移神，坐究四荒，又"抚琴动操，欲令众山皆响"，以之畅神观道。宗炳在《画山水序》阐述了在有限的画面上表现广阔的自然山水，而此段传记则道出了他与山水画卧对神游的欣赏过程，很具体生动地反映了观者在欣赏山水画的迁想妙得。

山水画的动点透视，使观者坐卧相对时，骋目游移于画中种种物象，神驰于画境之中。人的视线或由上而下，或由远而近，回环往返于水边林下，观林壑之开合，睹烟云之变幻，足人目之近寻，而又极人目之旷望，不下堂筵，而坐穷泉壑。如元代欧阳玄《山间山水手卷》："十年京国看图画，半幅云烟亦恼侬。今日身行屏障里，却思移住最高峰"。再如吴师道《山水小幅》："苍嶂秋云更白，青林霜叶偏红。江南八月九月，人在诗中画中。"观画而身行于山水中。人入画中，随着视点的移动，采撷景物而形之于诗文，此又是山水题画诗了。

山水画是中国绘画的大宗，山水题画诗是诗人对画中景色的提炼与欣赏。品读山水题画诗，仿佛随着诗人视点在山水画间游走，眼前浮现出各种景象，正如清代王时敏欣赏王翚山水画卷所道出游目骋怀、神游画境的情况："才一展观，便觉烟云满纸，其间云峦层迭，林木盘纡，苍蔚蒙茸，惝迷出入，而寻源抉奥，飞泉曲磴，历历分明。"如元代贡师泰《山水图》，先是仰见高山烟云四起，视线下移，见山脚入于溪流："前山后山云乱起，山脚入溪清见底"，尔后视线横见溪南远山点点："溪南更有山外山，散如浮尘聚如米"，最后视线回收，聚于近处，却见林下溪边人家，而近处溪中渔人舟中垂钓，岸边老翁曳杖缓行，两童负樵携斧而归："老枫枯栎叶纷纷，下有人家深闭门。钓丝欲收风浪急，却回双艇来篱根。老翁曳杖行伛偻，一童负樵一童斧。"再如明代丘浚《题山水图》：

君从何处得此幅，千里云山数间屋。远山淡淡横翠眉，近山亭亭削青玉。山头处处飞白云，树头树尾晴轮围。平林忽断天光露，暝色遥连雨气昏。苍苔白石羊肠路，平麓盘盘几家住。就中老人华阳巾，手把琼枝滴清露。

诗人先是对整幅山水画有个整体的观照，如淡淡远山、亭亭近山，山头白云、林间晴轮，平林暝色，然后于画中细寻白石羊肠路、平麓处人家，再寻见山水间的点景人物——戴着华阳巾的老人，正手把琼枝滴清露。每幅山水画，每一个观者，都可找到不同的切入点，随意游走于画间，而伴随这种目移神游的，还有时间的流逝，这就突破了时间的限制，超越了物理媒介的界限。

中国绘画装帧形式有立轴、卷轴、扇面、册页等，其中卷轴宜于拿在手中，随展随看。这种手卷的欣赏，随着目光的推移，渐次展现出广阔的图景，而空间的扩展，又延长了时间的长度。这些长卷山水，有的是凭空臆造，如赵伯驹《江山秋色图》、王希孟《千里江山图》、徐道宁《渔舟唱晚图》、魏克《金陵四季图》、程正揆《江山卧游图》等。还有《长江万里图》，历代以来，绘者甚众，如李成、夏禹玉、赵黻、夏珪、赵芾、吴伟、戴进、周臣、江贯道、王翚、张大千、吴冠中等，但只是借写题以写意，非实地写生。这些长卷山水，自卷首至卷尾，画中景物陆续不断跃入视野，山水步步换形，意境层层生发。

（宋）李公麟《蜀川胜概图》（局部）（美国弗利尔美术馆藏）

（元）吴镇《嘉禾八景图》（局部）（台北故宫博物院藏）

　　有的取境于真实山水，参以图经和真实的地理位置，介于地图与山水画之间，如宋代范宽《长江万里图》，图绘长江自雪山至海门的景色，峰峦城郭，关津楼观，村墟蹊径，深林曲濑，细笔皴染，穷极毫发，图中93个地名一一标注出来。再如李公麟《蜀川胜概图》，绘写了长江从发源地汶山、泯山至巫山县这一段的山形水貌，图中长江两岸，山水树石相间，点缀着房屋、亭楼、人物，并一一标注出约190个地名。还有元代吴镇的《嘉禾八景图》，描绘了画家家乡八处胜景，虽然分别位于县西、县西南、县北、县东、县东南等处，地理位置各不相连，但吴镇将八景在长卷中依次展开，看似连绵相属，同样地，各景点的地理位置也标注出来。这些山水长卷，具有明确的地名，其地理位置跨度极大，展卷阅画，仿佛飞越穿行于绵延不断的山水间，空间的界限已经模糊，而时间也在这种空间里一再延长。

（元）王蒙《太白山图》（辽宁省博物馆藏）

（明）颜宗《湖山平远图》（局部）（广东省博物馆藏）

　　还有一种山水长卷，山水移步换景，而点缀其间的人物，在画卷的展示中，也使绘画带有一定的"叙事性"。如元代王蒙《太白山图》，画了太白山天童寺及其前面二十里夹径松林的景色。这幅画卷中的二十里松木夹径的长道，在茂密的松林掩盖下，逐路点缀人物，僧侣士人、渔人农夫、官宦挑夫等，或骑马，或骑驴，或步行，或挑担，或交谈，或览景，或捕鱼，或犁田，或游寺，或朝拜上香，各行其道，各行其事。然而，从点景人物的安置来看，从左边卷首的草堂屋舍到卷末的天童寺，整幅长卷又似是王蒙游览太白山的踪迹游记，从卷首的"整装待发"，到"骑驴过桥"，再到"问路寻寺"，最后"朝圣古寺"。

　　再如明代颜宗的《湖山平远图》，描绘了山水平远的无穷景色，远景重重淡山，缥缈邈远，中景山峦坡岸、平林烟霭，使画面纵深连绵，意境广阔，而近景山形巍峨，林木苍润，秀媚中见淳厚。卷首松林间，画两骑驴者，一朱衣一青衣，相与交谈，一童子携琴尾随其后。随着手卷的展开，观者仿佛可以想象出这两人骑着毛驴，沿着掩映断续的山路、溪桥，穿行于这江南水乡，看到了平丘缓坡、烟中塔影、深山梵寺、临水茅屋、竹林人家，路遇了耕田的农人、持杖的行人、赶驴的行商、捕鱼的渔人、放牛的牧童……至卷末，但见片片帆影，雁飞成行，两人或许会停下来，目送归鸿，听着声声雁鸣，异乡人在天涯的愁思顿起，不知云中谁寄锦书来？如此这般，山水长卷本无之事，但观者据画面而一任想象驰骋，虚构出种种情事。作者未必然，观者未必不然，无论诗词还是绘画，都是如此。

诗歌以语言文字构建文学世界，绘画以线条颜色描绘图像世界，虽然绘画更为直观，但两者都需要通过想象去欣赏。绘画因物理媒介，在表现力和表现范围有所局限，但称画之未能者，多是忽略了观者的想象力，而将绘画与观者割裂对立，在观画时彼此毫无互动。实际上，观者的迁想妙得，却能超越这种种界限。

2. 画家的匠心独运

文艺之事，大抵是作者、作品和接受者的三重关系。从艺术欣赏这个角度来阐释绘画对媒介界限的超越，是作品和接受者的关系，而从艺术创作这个角度来阐释，即是作者与作品的关系。在艺术欣赏中，观者都可凭借想象来超越界限，而在艺术创作中，画家面对绘画物理媒介的天然界限，匠心独运地通过"一瞬间"的画面，描绘出动作和情节在时间上的延续。

（1）动作的暗示与生发。

虽然莱辛认为绘画不宜表现动作和情节，但也指出绘画可以利用动作过程中的某一顷刻，把前前后后都明白地表现出来。这一顷刻，必须是"最富于暗示性"的，耐人长久地反复玩味，能使想象最自由地运用，能唤起所写的物象的最具体的整个意象。对整个动作过程的这一顷刻的选取，需要避免已到止境的顶点（climax），因为一达到"顶点"，情事的演展已到了尽头，不能再生发了，所以应选择将达"顶点"而未达"顶点"的这一顷刻。

（汉）《弋射收获画像砖》（四川省博物馆藏）

（魏）《狩猎图》莫高窟第 249 窟壁画

换言之，绘画要给人留下想象的空间，所呈现的那一顷刻，不应当昭示着结尾，而是集合在这一点上继往开来的景象。中国也有相似的言论，绘画应当追求画外之韵，让画中物事具有足够回味的余蕴，并指向未画出的部分。黄庭坚《题摹〈燕郭尚父图〉》："凡书画当观韵。往时李伯时为余作李广夺胡儿马，挟儿南驰，取胡儿引满以拟追骑。观箭锋所值，发之，人马皆应弦也。伯时笑曰：'使俗子为之，作箭中追骑矣。'余因此深悟画格。"李公麟画李广追射胡骑，不似俗夫画工必画箭中追骑，而是箭引而不发，这样更能激发人的想象，想象张弓引箭而发，人马必应弦而倒。楼钥《攻媿集》卷七四《跋〈秦王独猎图〉》："此《唐文皇独猎图》，唐小李将军之笔。……三马一豕，皆奔腾;弓既引满而箭锋正与豕相值。岂山谷、龙眠俱未见此画耶?"
楼钥慨叹在李公麟之前,李昭道画《唐文皇独猎图》,早已体会
到"画外之韵",弓引满不发,而箭锋所向,正指奔豕,亦给人
留足想象的空间。再往前追溯,
还可追溯到东汉《弋射收获画像
砖》和莫高窟第 249 窟西魏壁画
《狩猎图》,可知古代画家早已懂
得选取"最富于暗示性"的顷
刻。东汉《弋射收获画像砖》,
画面分上下两部分,上部为弋
射,下部为收获。上部两人跪地
张弓仰射鸿鸟,箭在满弓,旋即
待发,而惊鸿乱飞,仿闻鸿鸟之
悲鸣。莫高窟第 249 窟西魏壁画
《狩猎图》,画中马已腾空半身而
立,背上骑士侧身回首,弓已拉
满而引箭待发,箭头正指向猎
物。两图都极具张力,令人浮想
联翩。

[意] 米开朗琪罗《摩西雕像》
（罗马梵蒂冈圣彼得大教堂藏）

　　外国的造型艺术,也有很多
类似的例子。如米开朗琪罗的《摩西雕像》,就让许多评论家产
生诸多猜测。摩西是犹太先知,带领希伯来民族从埃及迁徙到迦

南（巴勒斯坦），摆脱了奴隶生活，后摩西受到神的感召，回到埃及，在西奈山上，得到神所颁布的《十诫》。这座雕像，摩西坐着，侧身怒视，牙齿紧咬着，右手按着法典，左腿曲着，脚跟离地，好像就要站起来一样。雕像的肢体语言和面部表情，表明了摩西内心的愤怒与焦急，而躯体"即将起立"之势，又增加了人物内心情绪的表现。雕像的情绪和动作，让后世人产生无数的猜测，到底米开朗琪罗塑造的是摩西一生中哪一个特定时刻？有人猜测是摩西起身去谴责多神教导致犹太民族的分裂，同时公布《十诫》，宣扬一神教有利于犹太王国的统一；也有人猜测是摩西接受《十诫》下山，正好看到他的人民围着一头自铸的金牛起舞欢庆的场面，心中盛怒，右手欲前伸，而腋下夹着的《十诫》因此就要滑落下来，摩西急收回右手按住，无意中手指勾动了胡子。这就是动作的暗示和生发，令人想象接下来会发生什么样的动作和情节。

前文阐述绘画虽然不能表达视觉以外的听觉，但"实者逼肖，虚者自出"，观者可通过想象而得之。想象有助于观者获取画面以外的东西，而造型艺术的动作的暗示性，就很能激发观者的想象，所以绘画的动作也可巧妙地表现出听觉。赵佶《听琴图》，抚琴者微低着头，双手拨弄着琴弦，听琴者三人，其中两人朝服纱帽，穿红袍者一手持扇按膝，一手反支石墩，俯首侧坐，似沉醉于琴声之中；着绿袍者两手相握于袖中，仰首微微前倾，似为琴声所动，翩思于天地之间。再如顾闳中《韩熙载夜宴图》的第一段"听乐",满堂宾主正在聆听教坊副使李嘉明的妹妹弹奏琵琶,韩熙载坐在榻上,侧身垂手,正在凝神细听,同坐于榻上者是新科状元郎粲,上身前倾,似为乐声吸引;榻前长几两端,坐着两位身着绿色官服的官员,坐于里侧的是紫薇郎朱铣,双手握于胸前,侧耳凝听,另一端坐着的是太常博士陈致雍,也注视弹琵琶者,静听着。李嘉明坐在妹妹身边,关切地侧身注视着她,左手抚膝似在轻轻叩打着节拍。众人的神态动作各异,但投入倾听的样子,都让观者想象出乐声的动听。

(宋)赵佶《听琴图》(局部)(北京故宫博物院藏)

(2)不同人物的组合叙事。

单独一幅绘画,只能呈现"一瞬间"的景象,但通过不同的人物的组合与排列，可让画中人物各自的"一瞬间"组合起来，叙述出动作和情节的发展变化。不同人物的组合叙事，有时会将不同时间的人物共绘于一图，与客观事实不符。虽然不符合于客观事实，但在艺术中，这又是合理的。因为艺术虽然以客观的真实为基础，但艺术不会像科学般机械地复制客观真实，允许以客观真实为基础进行虚构、夸张，超越客观的真实而达到艺术的真实。

这在中外绘画艺术中，都很常见。王维画花，就将不同时节的花卉同画于一景之中，最为著名的是他画《卧雪图》时，将芭蕉画于雪中，有悖于常识。再如拉斐尔的壁画《雅典学派》，以柏拉图和亚里士多德为中心，汇聚了不同地域、不同时代的各学派的杰出学者、思想家，也有违于历史事实。但在艺术中，却又是合理的，为世人所接受。

在中国绘画中，通过人物组合进行叙事的，最有代表性的是马和之《豳风图》中的《七月》诗意图。《豳风·七月》描述了一年四季的农事劳作，是《诗经》中最为著名的一首农事诗。此诗以"七月流火"起兴，按时间的顺序，平铺直叙地描述了历时的农事活动：修理农具、耕种、采桑、织布、制衣、狩猎、修补房屋、收获、收粮归仓、酿酒、搓绳子、藏冰、祭祀等。南宋马和之绘《七月》诗意图，面对时间长达一年的农事劳作，就采用了这种组合叙事的方式：在卷首画了两人仰观七月大火星西移的星象，以之起兴，然后描画了不同人物的农事活动，如采桑、伐

桑、耕种、田官巡田、妇子送食，最后绘写了年末祭祀的场面，
载歌载舞，登彼公堂，举杯共祝"万寿无疆"。虽然这幅诗意图
未能把诗意全部囊括进画面，但是有所选择地将数个人物活动的
场景组合成一幅画，叙述了春天农桑之事和一年辛苦劳作之后的
年末祭祀。

（宋）马和之《豳风图》之"七月"诗意图（北京故宫博物院藏）

清代唐岱、沈源合笔的《豳风图》，在描绘《七月》诗意时，
也采用了这种组合叙事的方式。在画中，高岭峻伟，远山绵邈，
近处冈陵起伏，河流蜿蜒，村舍人家错落，农人村妇耕织劳作，
各司其事，点缀于画间。在画面上，可以看到一年之中不同季节
的农事活动，如犁田、打稻、割苇、修理房子、田官巡田、授
衣、采桑、纺织、打猎、缴纳粮食等。比起马和之《豳风图》的
《七月》诗意图，内容更为丰富。

（清）唐岱、沈源《豳风图》（台北故宫博物院藏）

［法］华托《发舟西苔岛》（巴黎卢浮宫藏）

　　通过不同人物进行组合叙事，《豳风图》因限于诗意，带有明显的不合常理的痕迹，而法国画家华托（Antoine Watteau）的

《发舟西苔岛》，将这种叙事方式运用得更为隐秘，也更为精彩。西苔岛是希腊神话中爱神维纳斯居住的地方，《发舟西苔岛》画的就是一群贵族男女依次登船前往西苔岛的场景。在《罗丹艺术论》一书中，罗丹以此画为例，阐释了"在一幅画面上或一组人物中，表现几幕先后发生的事实"[1]。这幅画自右端的前景一直到左端的远景，通过不同的人物，组合叙述了一个故事的发展：

"在画的前景，我们先看到在树荫下，一座簇拥着玫瑰的雕像旁边的一对情侣。男子披着一件斗篷，上面绣着一个破碎的心，象征他远行的情绪。"

"他长跪着在求她，她却淡然地终自不理——也许是故意装得这样子——神气似乎专属在她的扇子的图案上。"

"在他们旁边，"我（注：葛赛尔）说，"一个小爱神裸着臂部坐在箭筒上。他觉得那少妇太作难了，故拉着她的裙角，叫她不要再这般执拗下去。"

"正是这样。但此刻，旅行的杖和爱情的经典还丢在地下。"

"这是第一幕。"

"第二幕看来像在这一对的左面，又是另外的一对。情妇握着男子的手在地下站起。"

---

[1]　罗丹述，葛赛尔著，傅雷译：《罗丹艺术论》，天津：天津社会科学院出版社2005年版，第71–74页。

"是的。我们只看到她的后影，她的玉色的颈窝，是华托用了极富肉感的色彩所描画的。"（注：葛赛尔）

"稍远处是第三幕：男子搂着他的情人的腰，她回首望着女伴们还在延宕的情景，不禁怅惘起来。但她却任着男人扶着向前。"

"现在大家都同意下滩了，他们你搂我扶地走向小船，男子们也不用祈求了，此刻反而被女人们牵掣着。

"末了，征人扶着他们的女伴，踏上在水中飘荡的小舟，桅上的花球和纱幕在风中飞舞。舟子靠在桨上预备出发了，微风中已有爱神在盘旋着，引领征人们向着天涯一角的蔚蓝的仙岛上去。"①

《发舟西苔岛》描绘了一群贵族男女乘船去西苔岛的情景，但罗丹却从画中不同的人物，看到了画家叙述的女子在男子的劝说下，最终坚定前往西苔岛的故事。右端前景中的三对青年男女，最右一对是男子劝说情人同往西苔岛，中间一对是女子在劝说之下，最终同意一起前往，最后一对反映了女子虽然同意了，但内心依然充满了怅惘。左端远景是众人登船的场面，这个时候，男子已不用再祈求了，反而被女人们牵掣着登船前往西苔岛。这幅画经过罗丹的阐释，画家用心之巧妙更易被体会。

———————

① 此处转述罗丹与葛赛尔对《发舟西苔岛》的阐释，除了注为葛赛尔的话语外，其余皆为罗丹所言。

[法] 华托《发舟西苔岛》（局部一）　［法］华托《发舟西苔岛》（局部二）

（3）同人异时的连续叙事

中国古代绘画，最早以人物画为主。除了人物画像外，也会用图像记录像主的生平事迹，但绘画叙事局限于"一瞬间"，所以画家采用同人异时的方式，进行连续的叙事，也即"连环画"的叙事方式。邢义田对和林格尔汉墓及武氏祠两处壁画的阐述，颇能说明这种叙事方式：

和林格尔汉墓前室西、南、东、北壁有连续重叠的车马出行画面，画面中的墓主重复出现。出现时，配上"举孝廉时""郎""西河连史""行上郡属国都尉时""繁阳令""使持节护乌桓校尉"等榜题。观者环顾四壁，即读到一幕幕墓主的生平经历。同样的设计也见于武氏祠前石室东、西、后壁和前壁东西两段承檐枋里侧连续环绕的出行图。图中出现"君为郎中时""君为市掾时""为督邮时"等榜题，也使观者在环顾时，一段一段阅读了墓主的经历。这种处理"时间"方式的特点是主角重复出现在不同时段的画面里，而产生了"连环图"所要达成的"连续叙述"（continuous narrative）的效果。①

在墓室四周墙壁，将生平经历逐幅画于壁上，观者环顾四壁而观影一般地了解墓主的一生，以"连环图"的方式达到"连续叙述"的效果。画家巧运匠心，在画面上描绘同一人物在不同时间的事迹，突破了绘画叙事的时间局限。这种叙事方式，转用于绢纸绘画，即是长卷的形制。随着手卷自右向左逐渐展开，画中人物重复出现，叙述不同时间的情节，东晋顾恺之《洛神赋图》就是这种叙事方式的典范。

曹植《洛神赋》记述了曹植赴洛阳朝觐魏文帝曹丕后，返回封地时，途经洛水，邂逅了洛水女神宓妃，两人互传情愫，然而人神有别，最终又分手的一段哀伤的恋情。顾恺之根据《洛神赋》，绘写了《洛神赋图》。这一幅人物故事手卷，以山水为间隔，将赋中的恋情故事分为五个情节：邂逅、定情、情变、分离、怅归。

在"邂逅"一节，画曹植离京后休憩于洛水边，与洛神相遇，惊艳于洛神之美；在"定情"一节，画洛神在洛水上嬉戏，

---

① 邢义田：《格套、榜题、文献与画像解释——以一个失传的"七女为父报仇"汉画故事为例》，见颜娟英主编：《美术与考古》，北京：中国大百科全书出版社2005年版，第187页。

曹植与之互赠信物以定情；在"情变"一节，曹植因想到人神相
恋的悲剧，内心充满了矛盾惆怅，洛神察觉后，怅然长啸，引来
了众灵，而洛神亦彷徨于去留之间；在"分离"一节，洛神最终
决定离去，屏翳收风、川后静波、冯夷鸣鼓、女娲清歌，为洛神
的离去做准备，备驾后，洛神乘着云车，在水灵的护卫，离开了
曹植；在"怅归"一节，看着洛神离去，曹植急忙乘舟追寻，却
已无影踪可觅，曹植因此怀着悔恨和思念彻夜静坐，然而次日一
早不得不东归，当马车向前奔驰时，车内的曹植忍不住回首追
想，内心充满了怅然感伤。

（晋）顾恺之《洛神赋图》（宋摹本）之"定情"（北京故宫博物
院藏）

（晋）顾恺之《洛神赋图》（宋摹本）之"情变"（北京故宫博物院藏）

（晋）顾恺之《洛神赋图》（宋摹本）之"分离"（北京故宫博物院藏）

（晋）顾恺之《洛神赋图》（宋摹本）之"怅归"（北京故宫博物院藏）

五代南唐顾闳中《韩熙载夜宴图》，也是以同人异时方式进行连续叙事的传世名作。这幅画以手卷的形式，以韩熙载为中心，分为"听乐""观舞""休息""清吹""宴散"五个场景段落，每段间又以屏风为分界，各段独立成章，又能连成整体，展现了韩熙载夜宴的场面。

第一段"听乐"，夜宴甫开，宾客满堂，榻前漆几上，摆满了酒菜鲜果，满堂宾主正在静静聆听李嘉明妹妹弹奏琵琶。第二段"观舞"，听乐后，酒过三巡，节目到了王屋山跳六幺舞，韩熙载脱去外衣，亲自击打羯鼓为王屋山伴奏，门人舒雅也为之按拍牙板。第三段"休息"，歌舞既罢，宾客稍事休息，韩熙载则退入内室，与众侍女坐于榻上。众侍女似为刚才的歌舞而余兴未尽，犹在叽叽喳喳地谈论着。韩熙载一边用铜盆洗着手，一边注视着拿着琵琶的李嘉明的妹妹。第四段"清吹"，韩熙载换上更衣，袒胸露腹，脱去双履，盘坐在漆椅上，挥扇静听左方五位女伎吹奏。五女伎绮罗艳装，箫笛齐吹，门人舒雅仍按拍板，清音袅袅。第五段"宴散"，曲终人散，宾客有的离去，有的抚着女伎的背，诉说着离情，有的犹不舍离去，拉着女伎的手，谈笑调情，而女伎欲避不能。韩熙载重穿黄衫，一手执鼓槌，一手摆手示意，似在劝慰这位女伎。

（五代）顾闳中《韩熙载夜宴图》第一段"听乐"（北京故宫博物院藏）

（五代）顾闳中《韩熙载夜宴图》第二段"观舞"（北京故宫博物院藏）

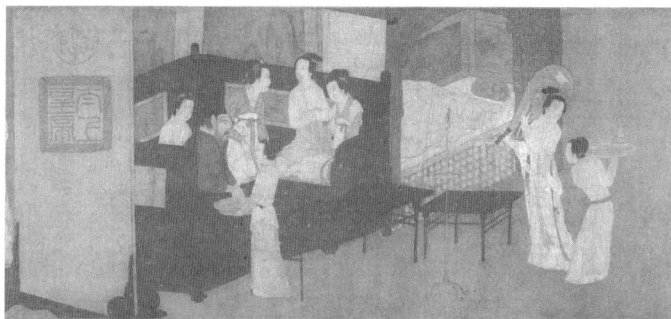

（五代）顾闳中《韩熙载夜宴图》第三段"休息"（北京故宫博物院藏）

（五代）顾闳中《韩熙载夜宴图》第四段"清吹"（北京故宫博物院藏）

（五代）顾闳中《韩熙载夜宴图》第五段"宴散"（北京故宫博物院藏）

苏轼于神宗元丰五年（1082）先后两次造访赤鼻矶，写出了前后《赤壁赋》。《前赤壁赋》在山水风月中，以主客问答表现出旷达的胸襟，《后赤壁赋》以记游发抒心中之幽思。北宋乔仲常《后赤壁赋图》即是图写《后赤壁赋》而成。乔仲常采用同人异时的叙事方式，具体形象地再现了苏轼与客游玩赤壁的情景。这幅画主要运用李公麟的白描法，气息高雅，情景形意浑融一体，颇值得在这里记取一笔。

《后赤壁赋图》主要分为六段，第一段，苏轼与二客从雪堂出来，过黄泥坂到临皋亭去，其时霜露已降，木叶落尽，人影在地，仰见明月，主客相顾而乐，行歌相答。如此月白风清的良夜，苏轼感叹有客而无酒肴，而客言薄暮时已举网得鱼。画中又

绘一僮仆自渔夫手中得鱼。此段中主客三人及僮仆，均以淡墨描
绘月色下的人影，表现赋中"人影在地"，这种画法为古代绘画
中所罕见。此段配写文字："是岁十月之望，步自雪堂，将归于
临皋。二客从予过黄泥之坂。霜露既降，木叶尽脱，人影在地，
仰见明月，顾而乐之，行歌相答。已而叹曰：'有客无酒，有酒
无肴，月白风清，如此良夜何？'客曰：'今者薄暮，举网得鱼，
巨口细鳞，状似松江之鲈。顾安所得酒乎？'"

（宋）乔仲常《后赤壁赋图》第一段（美国纳尔逊美术馆藏）

第二段，有鱼无酒，苏轼乃"归而谋诸妇"，刚好妻子早有
预见，藏有陈酒以备不时之需。苏轼于是携酒拎鱼，与妻子相别，
从家中走出去，与客相会。此段配写文字："归而谋诸妇。妇曰：
'我有斗酒，藏之久矣，以待子不时之需。'于是携酒与鱼……"

（宋）乔仲常《后赤壁赋图》第二段（美国纳尔逊美术馆藏）

第三段，苏轼与二客复游于赤壁之下，在崖台上饮酒食鱼，面对江流断岸，但见山高月小，水落石出。此段配写文字："复游于赤壁之下。江流有声，断岸千尺；山高月小，水落石出。曾日月之几何，而江山不可复识矣。"

（宋）乔仲常《后赤壁赋图》第三段（美国纳尔逊美术馆藏）

第四段，苏轼撩起衣裳，独自登上峭崖，入岿岩乱草间，遇见了状如虎豹的怪石，踩在形如虬龙的树干上，攀援上猛禽筑巢的危崖，下望水神冯夷的深宫，划然长啸，一时之间，草木震动，山谷回鸣，风起水涌，令人悄然而悲，肃然而恐。在这一段，仅画苏轼"摄衣而上"，其他地方再没出现苏轼的形象，这是一种虚写的手法。画中又将赋中提及的各景物一一画出，并在情节联想之处，书写上文字，以资说明苏轼行踪。此段配写文字："予乃摄衣而上，履巉岩，披蒙茸，踞虎豹，登虬龙，攀栖鹘之危巢，俯冯夷之幽宫。盖二客不能从焉。划然长啸，草木震动，山鸣谷应，风起水涌。予亦悄然而悲，肃然而恐，凛乎其不可留也。"

（宋）乔仲常《后赤壁赋图》第四段（美国纳尔逊美术馆藏）

第五段，苏轼返回，与客人放舟中流，任其漂流休止。时已近半夜，四周寂寥。正在此时，一鹤自东横江而来，掠舟西去。此段配写文字："反而登舟，放乎中流，听其所止而休焉。时夜将半，四顾寂寥。适有孤鹤，横江东来。翅如车轮，玄裳缟衣，戛然长鸣，掠予舟而西也。"

（宋）乔仲常《后赤壁赋图》第五段（美国纳尔逊美术馆藏）

第六段，客人离去后，苏轼也就睡，梦中见两道士，向他打揖作问赤壁之游，苏轼惊悟道士即掠舟而过的飞鹤，由是惊醒，待急起开门探视，已不见其处。在《后赤壁赋》中，原为"梦一道士"，而画中文字却是"梦二道士"。画中，苏轼卧寐于床，梦中与二道士相对坐谈，三人画像均以淡墨涂写，以示此乃梦境，与真实画境区分开来。此段配写文字："须臾客去，予亦就睡。梦二道士，羽衣蹁跹，过临皋之下，揖予而言曰：'赤壁之游乐乎？'问其姓名，俛而不答。'呜呼！噫嘻！我知之矣。畴昔之夜，飞鸣而过我者，非子也耶？'道士顾笑，予亦惊寤，开户视之，不见其处。"

（宋）乔仲常《后赤壁赋图》第六段（美国纳尔逊美术馆藏）

中国的人物故事画，若是长篇叙事，这种同人异时的连续叙事方式，最常为采用，如牟益《捣练图》、张激《白莲社图》、李唐《晋文公复国图》、佚名《胡笳十八拍图》、徐扬《乾隆南巡图》等。

从上可知，绘画因其物理媒介，限制了它的表现力和表现领域，但观者的迁想妙得、画家的匠心独运，都可超越界限，达到艺术的彼岸。从这点来看，绘画表现能力，往往取决于画家水平的高下，水平拙劣的画家，停留在"眼见为实"、亦步亦趋的阶段，如邓椿《画继》记宋迪画"潇湘夜雨"，绘"掩霭惨淡之状"，再据画境而命名为"潇湘夜雨"，而后世庸工仿宋迪画"潇湘夜雨"，面对"潇湘夜矣，又复雨作"的难题，乃画"火炬照缆，孤灯映船"，这般困于字面意思而毫无想象力，可谓鄙浅可恶。齐白石为老舍画《蛙声十里出山泉》即显得高妙得多。"蛙声十里出山泉"是清代查初白《次实君溪边步月韵》一诗中的句

（近代）齐白石《蛙声十里出山泉》

（中国现代文学馆藏）

子，老舍请齐白石为其画诗意图。齐白石应邀而作，面对用绘画去表现听觉这样的难题，齐白石在四尺长的立轴上，画山泉从山涧中急湍而下，数只活泼的蝌蚪在山泉中欢快地游动着，令人见之而仿佛听见蛙声随着水声由远而近。以此表现出诗中意境，虽"无蛙而蛙声可想矣"，可谓构思巧妙，意境绝佳，使人产生无尽的联想。

同时，好画也考量观画者的欣赏能力，否则"难画之意，画者得之，览者未必识也"（欧阳修《鉴画》），正如宋代刘宰感叹道："安知画工心独苦，世上悠悠几人识？"由此看来，绘画固然有天然的局限性，但若以此判断绘画劣于诗歌，未免有失于片面。

结　语

诗画有别，各自限于物理媒介而各有长短，正如钱锺书所言，绘画有文字艺术无法比拟的独特效果，而语言艺术似是而非的情景，造型艺术也很难表达。正如卢梅坡《雪梅》诗中所言："梅须逊雪三分白，雪却输梅一段香。"

从本质而言，诗画并无差别，皆为陶写性情之具，两者所不同之处，只是方法上的问题，所以美国苏珊·朗格（Susanne K. Langer）在《艺术问题》说："假如你继续仔细地和深入地探查各类艺术之间的区别，你就会到达那个从中再也找不到各门艺术之间的区别的纵深层次"，即"一切艺术都是创造出来的表现人类情感的知觉形式"[①]。

诗画有别，虽然彼此又会超越媒介的界限，很难以物理媒介划定各自的艺术表现领域，但能用画表现的不必用诗来表现，同样，能用诗表现的也不必用画来表现。诗画兼擅的人，自会选择最合适的艺术形式去表现，如陈著言林逋"疏影横斜水清浅，暗

---

① 苏珊·朗格：《艺术问题》，南京：南京出版社 2006 年版，第 95 – 96 页。

香浮动月黄昏"，乃"手不能状，乃形之言"，如胡擢博学能诗，气韵超迈，但一遇难状之景则寄之于画，赵仲佺也一样，不沉溺于声色犬马，一心寄意文词翰墨，但"难状之景，则寄兴于丹青"。

所以，诗画之间，又何必强分优劣高下呢？无论是诗还是画，高妙的作品，自会打动人心，而拙劣的作品，也不会因其艺术形式而为人所重。

参考文献

［1］邓乔彬：《有声画与无声诗》，上海：上海社会科学院出版社1993年版。

［2］邓乔彬：《中国绘画思想史》，贵阳：贵州人民出版社2011年版。

［3］钱锺书：《七缀集》，北京：生活·读书·新知三联书店2002年版。

［4］莱辛著，朱光潜译：《拉奥孔》，北京：人民文学出版社1979年版。

［5］罗丹述，葛塞尔著，傅雷译：《罗丹艺术论》，天津：天津社会科学院出版社2006年版。

［6］阮璞：《画学丛证》，上海：上海书画出版社1998年版。

［7］朱光潜：《诗论》，北京：北京出版社2005年版。

［8］宗白华：《美学散步》，上海：上海人民出版社1981年版。

［9］俞剑华：《中国古代画论类编》，北京：人民美术出版社2000年版。

[10] 周积寅:《中国画论辑要》,南京:江苏美术出版社2005 年版。

[11] 周积寅:《中国画论大辞典》,南京:东南大学出版社2011 年版。

[12] 周积寅:《中国历代画论》,南京:江苏美术出版社2007 年版。

[13] 周雨:《文人画的审美品格》,武汉:武汉大学出版社2006 年版。

[14] 伍蠡甫:《中国画论研究》,北京:北京大学出版社1983 年版。

[15] 郑午昌:《中国画学全史》,上海:上海古籍出版社2001 年版。

[16] 陈师曾:《中国文人画之研究》,北京:中华书画出版社1991 年版。

[17] 张晨:《中国诗画与中国文化》,沈阳:辽宁教育出版社1993 年版。

[18] 刘继才:《中国题画诗发展史》,沈阳:辽宁人民出版社2010 年版。

[19] 陈葆真:《〈洛神赋图〉与中国古代故事画》,杭州:浙江大学出版社2012 年版。

[20] 刘晔:《中国传统诗画关系探究》,南京艺术学院博士学位论文,2004 年。

［21］金文超：《时间艺术和空间艺术——〈拉奥孔〉诗画界限批判》，内蒙古师范大学硕士学位论文，2007 年。

［22］过晓红：《中西美学史上的"诗画关系论"研究——以莱辛、钱锺书、苏东坡为例》，南京艺术学院硕士学位论文，2007 年。

［23］刘石：《"诗画一律"的内涵》，《文学遗产》2008 年第 6 期。

［24］刘石：《西方诗画关系与莱辛的诗画观》，《中国社会科学》2008 年第 6 期。

［25］刘石：《诗画平等观中的诗画关系——围绕"诗中有画"说的若干问题》，《文艺研究》2009 年第 9 期。

［26］刘石：《中国古代的诗画优劣论》，《文学评论》2010 年第 5 期。

［27］周欣展：《中国现代关于诗画关系的两种认识模式》，见《文学与图像》第二卷，南京：江苏教育出版社 2013 年版。

［28］张其凤：《关于中国绘画"诗书画印"一体化进程的考察——兼论宋徽宗对此进程的重要作用（上）》，《艺术百家》2008 年第 6 期。

［29］张其凤：《关于中国绘画"诗书画印"一体化进程的考察——兼论宋徽宗对此进程的重要作用（下）》，《艺术百家》2009 年第 2 期。

［30］傅怡静：《论诗画关系的发生与确立》，《社会科学论

坛》2008 年第 2 期。

[31] 宋雄华：《中西诗画论之文化基因比较》，《华中师范大学学报》2002 年第 3 期。

[32] 孙小力：《元明题画诗文初探》，《上海大学学报》2005 年第 1 期。

[33] 张克锋：《魏晋南北朝绘画题材文学化》，《甘肃理论学刊》2009 年第 4 期。

[34] 蒋寅：《对王维"诗中有画"的质疑》，《文学评论》2000 年第 4 期。

[35] 陈育德：《"诗中有画"是"艺术论的认识迷误"吗？——〈对王维"诗中有画"的质疑〉的质疑》，《安徽师范大学学报》2001 年第 4 期。

[36] 邓国军：《浑然一体　尺幅千里——"诗中有画"内蕴辨正》，《学术界》2005 年第 5 期。

[37] 李良中：《历代"诗中有画"所引起的争论及其实质》，《四川教育学院学报》2006 年第 3 期。

[38] 尚永亮：《"诗中有画"辨——以王维诗及相关误解为中心》，《社会科学研究》2010 年第 1 期。

[39] 徐伯鸿：《略谈王维"诗中有画"问题研究中的两个误区》，《南阳师范学院学报》2006 年第 7 期。

[40] 陈博涵：《诗画关系研究坚持本位还是出位——20 世纪 80 年代以来"诗中有画"、"画中有诗"研究回顾与反思》，见

《中国诗学》（第 15 辑），北京：人民文学出版社 2010 年版。

［41］欧明俊、胡方磊：《王维"诗中有画"研究的回顾与反思》，《合肥师范学院学报》2010 年第 1 期。

［42］仇春霞：《四幅杜甫诗意画的文本外解读》，《美术大观》2007 年第 1 期。

［43］石建邦：《天下第一装逼犯：乾隆（上）》，《东方早报·艺术评论》，2012 年 7 月 30 日第 C15 版。

［44］杨湘涛：《郑板桥的修竹人生》，《文艺争鸣》2010 年第 6 期。

［45］王克文：《北宋乔仲常〈后赤壁赋图〉的审美风格与艺术渊源》，《上海艺术家》2008 年第 C1 期。

中国
诗歌

唐诗与科举

唐诗与音乐

诗词与锦帛

《诗经》《楚辞》与礼俗

唐诗与酒

诗歌与绘画

诗与离别

梅与诗

魏晋清谈与诗歌

诗与文人游戏

唐诗与隐逸

文馆与唐诗

唐诗与安史之乱

唐诗与民族融合

出 版 人：徐义雄

策划编辑：杜小陆　潘雅琴
责任编辑：陈绪泉　朱盼盼
责任校对：徐晓越
责任印制：汤慧君　周一丹

封面设计：集力書裝 彭 力

ISBN 978-7-5668-2273-4

9 787566 822734 >

暨南出版

定价: 36.00元